怎样写楷书

孙信德 著

上海人民美術出版社

目 录

前言

早在20世纪70年代初，孙信德先生即以楷书名世，是沪上著名书法家。不可否认，不少名家在其成名前，也苦练过一番楷书，然成名后，就渐行渐远。百人之中，存者不足一二。孙先生虽然隶篆行草俱精，但楷书是其最倾心聚力之处，50年来从无间断，此本字帖可以说是其楷书艺术的总结。

从古至今书法大家无不以楷为立身之基、追远之本，上至王羲之、欧阳询、虞世南、褚遂良、颜真卿、柳公权，下至苏黄米蔡、赵孟頫、董其昌、王文治、沈尹默，皆以楷书为基，涉猎行草。孙先生循先贤之足迹，求楷书之精华。

评价楷书艺术水准大致可分四层：其一具备楷书书写基本功，能做到4尺一幅300多字，无一病字。其二可熟练运用所学碑帖，掺杂各种笔意，表现出一定的特征。其三形成自己的风格，人们往往见其字，就知其人。其四达到出神入化的境地，风格大体上可以确定，但具体笔画、结构多样，使人难以捉摸，如《张黑女碑》《张猛龙碑》等。客观而准确地说，孙先生的楷书艺术位于第三、第四层之间。

现在有许多书家，字虽然具有一定的特征，但再无精进。孙先生是一位志存高远的书家，他一直追求更高的境界，他不断将其所接触到的其他书体或碑帖的精妙写法，融入到楷书书写当中，其楷书始终处于变化过程中，当其新作一推出，常给人耳目一新的感觉。

此本字帖部分楷书选自《孙信德书法作品选》，字体融魏碑、唐楷为一炉，结构奇崛、笔法凝练，最适宜已具备楷书基本功者临写，但于初学者也不无裨益。本字帖的出版，为专门研习楷书的同道增添一份资料。我们期待孙先生在艺术道路上取得更丰硕的成果，写出我们这个时代更优秀的作品。

上海市公安局史志办编辑　杨新华

2018年2月18日

第一部分 怎样写好楷书的要领

一、概 述

楷书是我国汉字书法艺术的主要书体之一，许多书法名家在指导学习书法时都提出，从楷书入手最为适宜，这在书法学习领域已经成为共识。学好楷书，也能为学习行书、草书等其他书体打下扎实的基础。怎样学好楷书，一直是书法界探讨的问题。从许多人长期积累的经验表明，只要注意学习中的几个方面问题，是能够把楷书学好的。

（一）选择样本，循序渐进。所谓样本就是字帖、碑刻拓本等，我国书法艺术源远流长，楷书字帖、碑刻等更是层出不穷，有钟繇的《宣示表》、王羲之的《黄庭经》《乐毅论》、王献之《洛神赋》等，还有魏碑、唐楷等，初学者首先选择自己所喜

黄庭经（局部） 东晋 王羲之

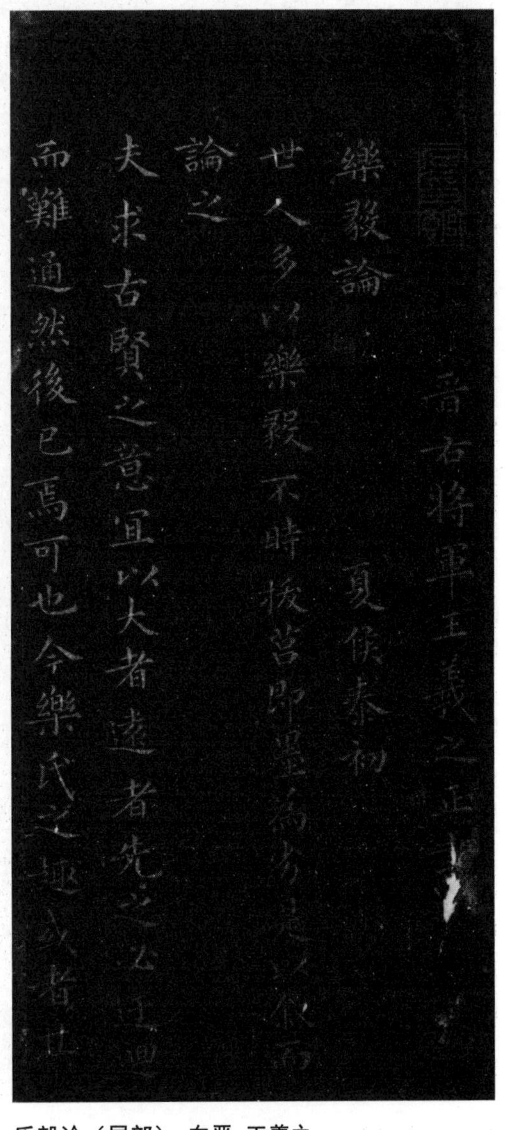

乐毅论（局部） 东晋 王羲之

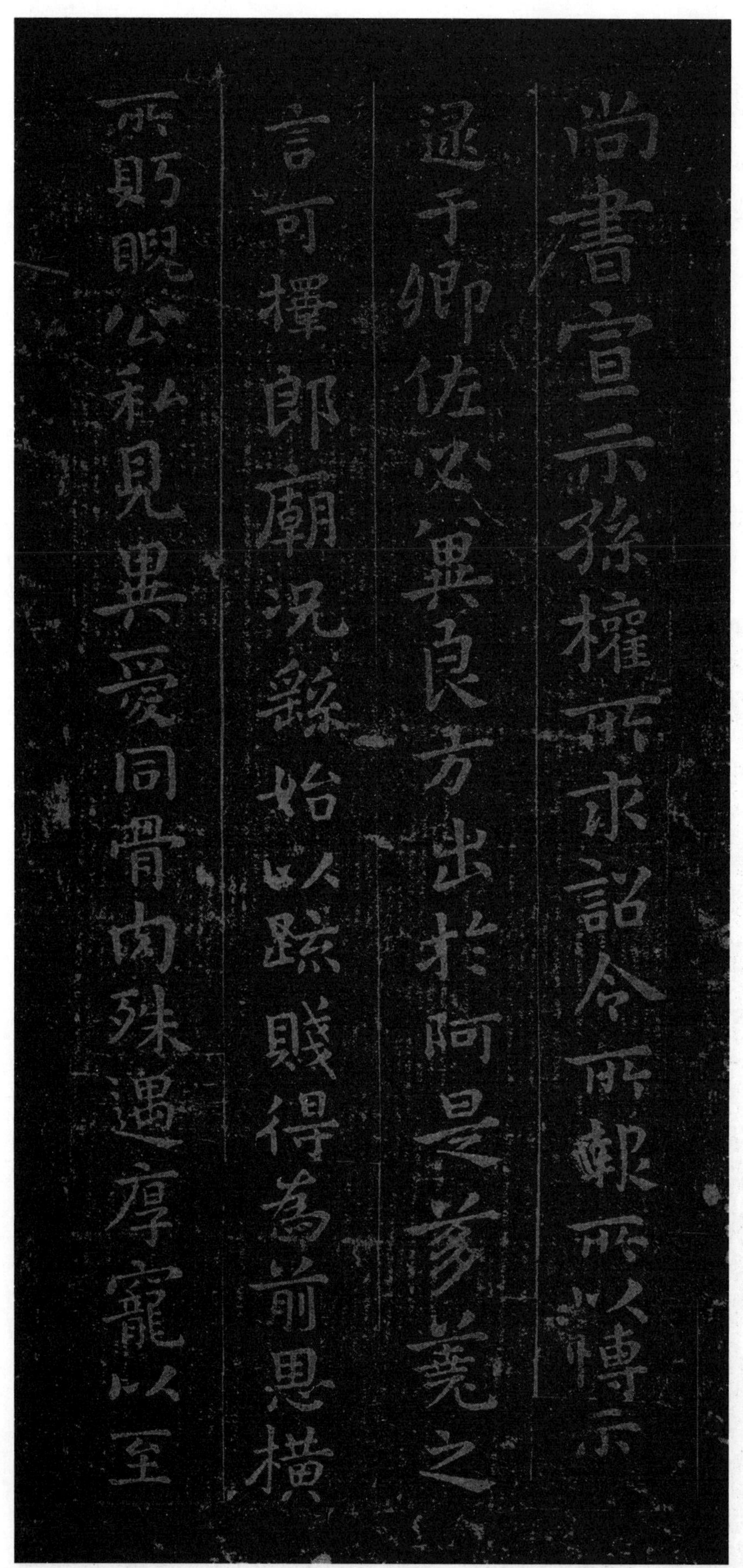

小楷　魏　钟繇

欢的书体，不论古代的，还是现代的，都可以作为习字样本。不过建议初学者选择能看清笔法的摹本，例如碑刻拓本往往经过雕琢，已无法看清笔法，不利于初学者。这些经典习字样本可以放在以后研习。

（二）注意方法，综合练习。学习楷书要在笔画和结构上下功夫。笔画要按照图示进行练习，在初步掌握点画以后，要结合字体进行练习，注意笔顺；结构是初学者必须过的一个关，作为方块的汉字，其结构多种多样，但楷书的结构不同于计算机里的宋体字。不少字是左右侧高低不同，上下比例各异；另外，初学者要掌握每个字的重心，至于揖让、向背等更是楷书结构中的基本要素，随着学习的深入，要不断掌握这些方法和技巧。笔画和结构的研习是互相交替的，结构过硬后，还需要在笔画上进行历练，书写更有质感的笔画。

（三）先易后难，逐步提高。楷书学习是分阶段的，初学者应先会下笔，学会调锋、铺毫运笔，学会横平竖直，然后再学藏锋、敛毫、中锋运笔、力送笔端、转折提按等。在选择字体时，初学者最适宜从中楷或大楷起步，待有一定的笔力时再悬腕提肘，练大字榜书和蝇头小楷。

（四）反复练习、注意巩固。写楷书看似简单，实际也很复杂。比如提按，书写时时碰到，写一捺笔什么时候提、什么时候按、提多少、按多少，都要靠自己细心体会。要学好楷书需要长时间的努力，要有坚韧不拔的毅力。比如藏锋，要将笔毫很小的部分逆入纸张，然后顺势运行，初学者要细心体会、反复练习，逐步养成习惯。做到攻克一个难题并巩固，最后会使我们的楷书水平得到总体提高。

（五）树立勇气、克服困难。学楷书者不乏其人，但是不少人都半途而废。究其原因是为困难所吓倒，初学者更容易这样。为此我们要树立克服困难的勇气，寻求各种方法解决所遇到的各种困难。如碰到结构问题，要仔细揣摩，实在掌握不了，也可垫上透明塑料纸进行描摹，反复进行，一定会攻克结构上的种种难题。

二、书写工具

工欲善其事，必先利其器，器不利则事不善。学习楷书除了掌握方法外，还要掌握一些书写工具。首先要了解笔、墨、纸的关系。

（一）笔。毛笔分软毫、硬毫和兼毫。一般来说羊毫比较软，狼毫比较硬，兔毫更硬，兼毫就是由羊毫和狼毫合成的一种毛笔，软硬适中。初学者练习楷书选择兼毫为宜，羊毫过软，初学者不易掌控。笔是书写工具，其质量不可忽视，对笔的要求是尖、圆、健、齐、直，尖就是笔锋要尖，有利于藏锋和出锋。圆就是笔肚要圆，有利于蓄墨和运笔。健就是笔毫有弹性，能卧能起。齐就是笔毛整齐，铺毫时万毫齐发力。直就是笔杆至笔尖要直，否则会影响书写。书写之前最好将笔浸湿，然后挤干入墨。用后要洗净，然后掖干，放在通风之处晾干。笔有大小之分，“小楷”写小字之用，“中楷”写一寸左右的字，“大楷”写二至三寸的字，还有提笔、楂笔等是写五寸至一尺的大字。初学楷书，最好用兼毫，写大楷通常用大白云玉兰蕊最佳。

（二）墨。古人书写是磨墨的，如果磨墨，是可以掌握干湿程度的。但从现在的情况来看，大多数人是用墨汁，因为用墨汁方便，市场上所能买到的墨汁有曹素功、一得阁等。初学者在使用墨汁时会发生这样几种情况，一种情况是墨太湿，来不及完成书写的一些动作就洇开，使之达不到书写的要求。另一种情况足墨太厚，在书写时墨入纸很慢，使书写或者迟滞，或者轻浮而过。实际上写速度与入墨是成反比的，书写越快，入墨越浅，相反书写越慢，入墨越深，要协调这两者的关系，一定要在纸墨上用一番心思，如果墨汁过浓过干的话，要掺水来调节墨汁的干湿度。

（三）纸。书法用纸多种多样，对于初学者来说，所希望的是入墨而不洇开的那种纸。现在市场上所能买到的有宣纸、玉扣纸、元书纸等，这些纸张各有特点。宣纸分熟宣和生宣，写楷书以生宣为宜。生宣价格较高，书写入墨匀称，宜于创作。元书纸价格低廉，入墨尚可，然比较毛糙，但可以练习笔力。玉扣纸价格一般，比较光洁，入墨尚好，可以作为从元书纸到宣纸的过渡。除了知道上述情况外，选纸张时可以蘸水试一试，看吃墨（洇水）的情况，挑选适宜自己的一种纸。当然随着书艺提高，纸张选择范围会扩大。

三、执笔方法和写字姿势

毛笔是写字的主要工具。要写好毛笔字，首先必须学会正确掌握和使用毛笔，使它能够得心应手，指挥如意。

执笔方法自古相传多种多样。有三指、四指、五指、凤眼、单钩、双钩、平腕、回腕等。这里只介绍一种比较正确、合理且通行的执笔方法，叫“五指执笔法”。“五指执笔法”是用“擫、压、钩、格、抵”五个字说明每一个手指的执笔姿势和作用。

“擫”是说明拇指的作用。执笔时，拇指要斜而仰地紧贴笔管，像吹箫按住箫孔那样。

“压”是说明食指的作用。用食指尖从外向内和拇指配合捏住笔管，不要越过第一节指弯，尽量用指尖出力。

“钩”是说明中指的作用。从外向内，弯曲如钩地钓住笔管。

“格”是说明无名指的作用。就是指背甲肉相连处从内向外顶住笔管。

“抵”是说明小指的作用。小指要紧贴无名指，助一把劲，但是不要碰到笔管和掌心。

五个指头就是这样把笔管紧紧控制在手里，力量汇聚五指，笔就自然坚实稳定。

要使“五指执笔法”更有效地发挥作用，还要掌握五条“执笔要领”。这就是“指实、掌虚、掌竖、腕平、肘起”。

“指实”是说执笔时，指尖稍用些力，执得紧一些，结实一些。

“掌虚”是说掌心要空虚，能容得下一个鸡蛋或一个乒乓球。

“掌竖”是说手掌要竖起来。掌竖则锋正，锋正则四面势全，腕力容易发挥。

“腕平”是说手腕要平，腕背与桌面要呈平行。其实掌竖了腕自然平。目的也是使腕力容易发挥。

“肘起”是说写二寸以上的大字时，肘部要悬起，不要靠在桌子上。这样手臂活动范围大，挥运灵活，写出来的字气势就好。写中小楷时，手臂不用抬得很高，只要腕肘虚着，不死靠在桌子上

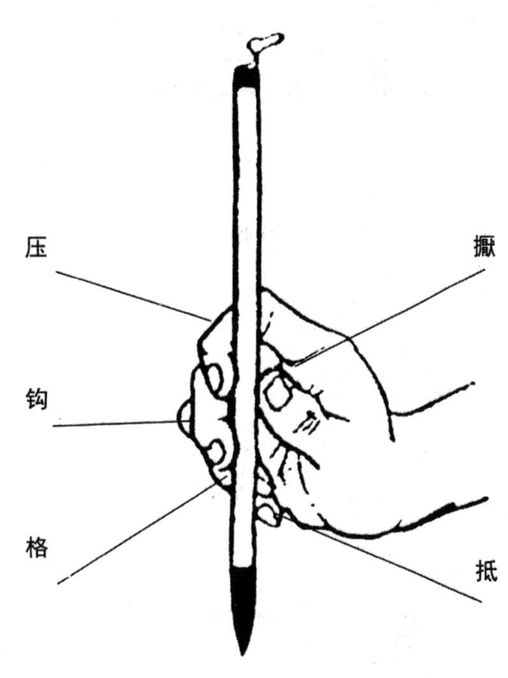

执笔方法

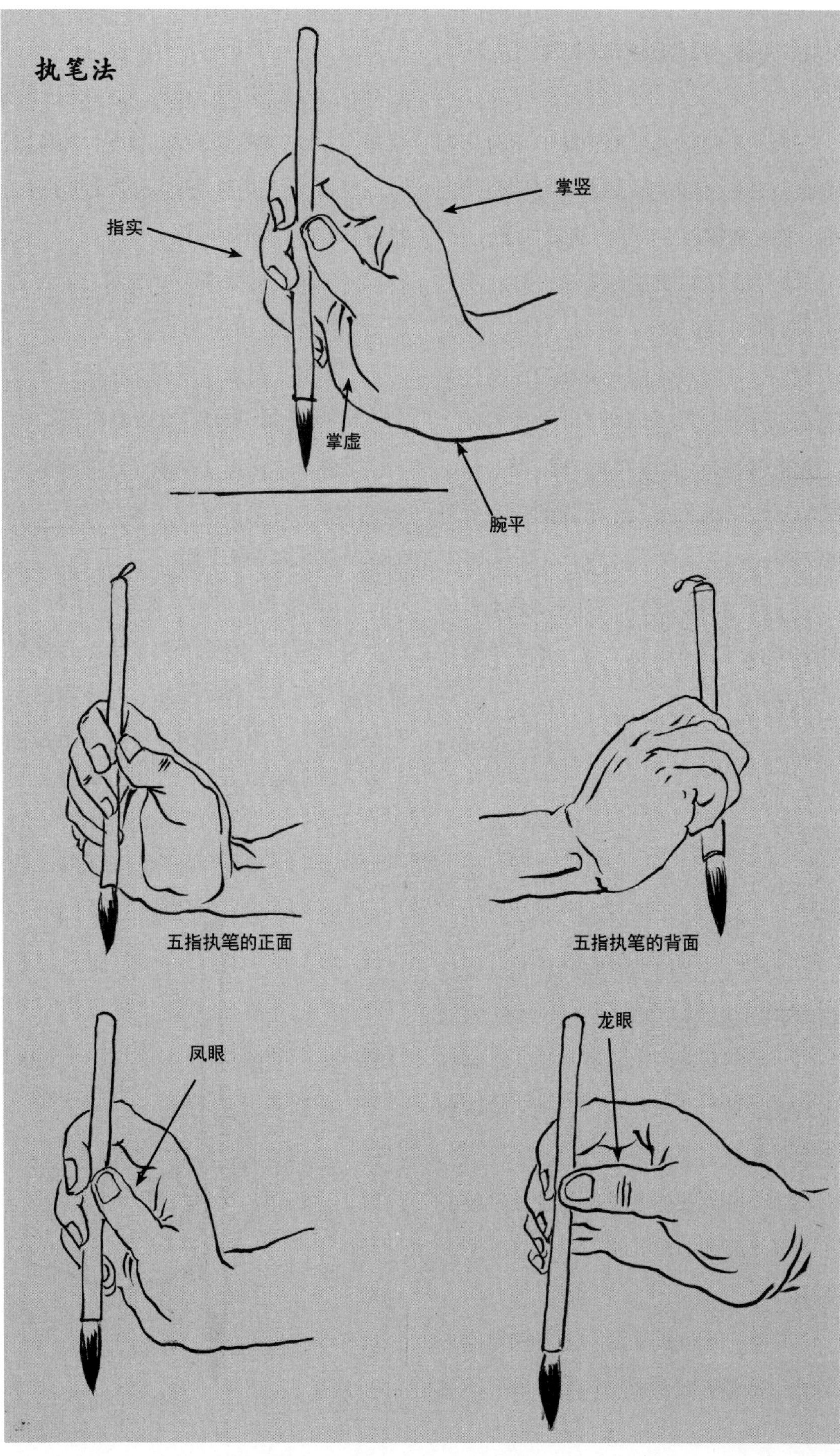
执笔法
掌竖
指实
掌虚
腕平
五指执笔的正面
五指执笔的背面
凤眼
龙眼

就可以了。但对初学者来说，要悬起肘部是一个难关，因为臂无依靠，笔在手中就难发挥，时间稍久，且会酸痛。但这只是暂时现象，坚持练习几个星期，就会渐渐适应。等到习惯成自然，就能运用自如。

接下来，谈谈写字姿势。

写字的姿势，简要地说来有四条，八个字，就是“足安、头正、身直、臂开”。我们写毛笔字时，臀部要坐满在椅子上，两脚要平放在前面，不要搁起或分得太开；头端正，不可歪斜或距离纸面太近；身子要直，胸部要离开桌子约一指到一拳的距离，这样视线正确，就容易把字写端正；左手按纸，右手执笔，两臂要撑开一些，不要夹拢，这样活动范围大，就容易做到横平、竖直、撇捺开展。

至于写大幅的字，最好立着写，右手执笔，左手按纸并撑住身体。这样腿、腰、肩、臂便于转动，笔力容易发挥；同时因为居高临下，就能够更好地掌握通篇的气势。写一方尺以上大字时，不一定按照“五指执笔法”，只要用五指紧紧抓住笔杆就可以了。因为字大，人要离得远些，桌子最好低些或人站得高些。

写字姿势

四、基本笔画与“永字八法”

“永字八法”是古代书法家在长期书法研习中总结出来的一种学习笔画的方法，唐张怀瓘《玉堂禁经》称：“大凡笔法，点画八体，备于‘永’字”。因为“永”字包含了汉字书写的八种笔画，因此以其为例，来说明楷书笔画用笔的方法。

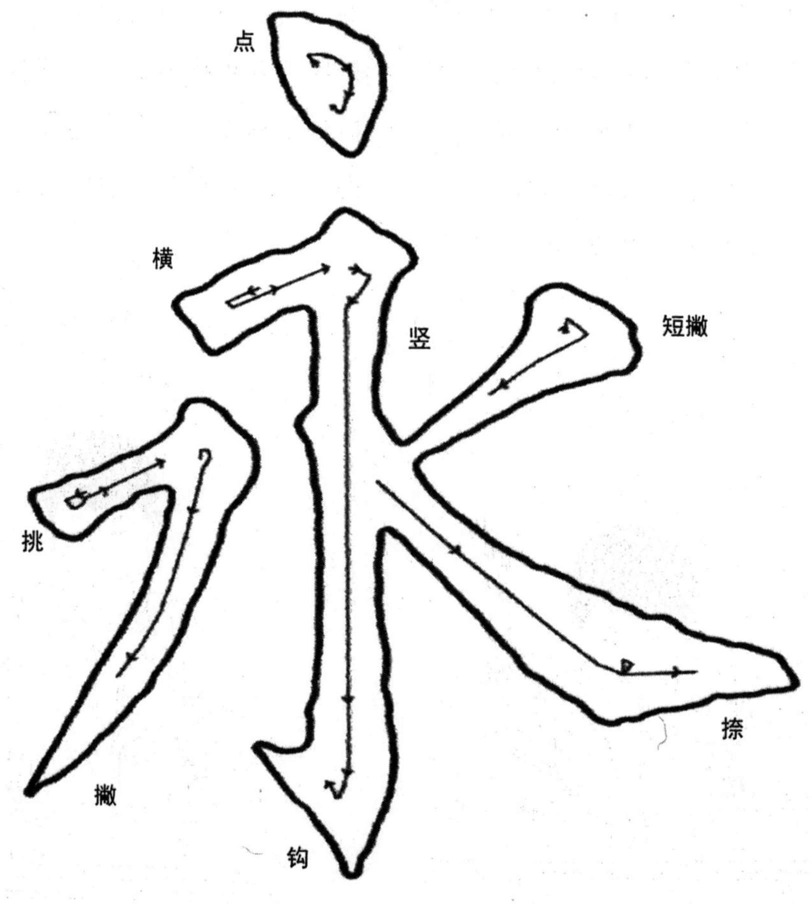

关于“永字八法”内容详解

古　称	今　称	写　法
侧	点	从左上方逆锋入笔，再向下运笔，然后由底部向上轻提收笔。
勒	横	从左上方逆锋入笔，轻按转锋，然后轻提向右行笔，至笔画尽处，轻按转锋，然后轻提向左回锋收笔。
努	竖	从左上方逆锋入笔，轻按转锋，稍提笔下行，至笔画末端，向左下轻顿，然后提笔沿竖画向上收。
趯	钩	上一笔画在向上收时，笔毫由卧变为立，铺开后向左上方趯出，力送笔端。
策	挑	从左上方逆锋入笔，向下按笔转锋，然后轻提向右上方挑出。
掠	撇	从左上方逆锋入笔，轻按转锋，然后向左下角撇出，至笔画末端收笔。
啄	短撇	写法与上笔长撇相似，但形状短粗且笔势较直，如鸟啄物，不像长撇的末端那样扬起，呈现一定的弧度。
磔	捺	从左上方逆锋入笔，然后轻按转锋，逐步铺毫，向右下方行笔，至笔画末端稍顿，然后提笔出锋收笔。

五、基本点画笔法简图

要学好楷书，必须从点画开始。点画好比零件，结构好比装配。点画写得笔笔过硬了，结构也就容易写好。楷书基本笔画共有八笔，每笔的基本要求和写法如下：

点：要圆满精到，浑厚有力。下笔如高峰坠石，沉着痛快，笔锋入纸时，笔管稍向前倾，使笔毛圆满铺开，再稍稍提起向背部兜围扭动一下，迅速有力地从下腹出锋。

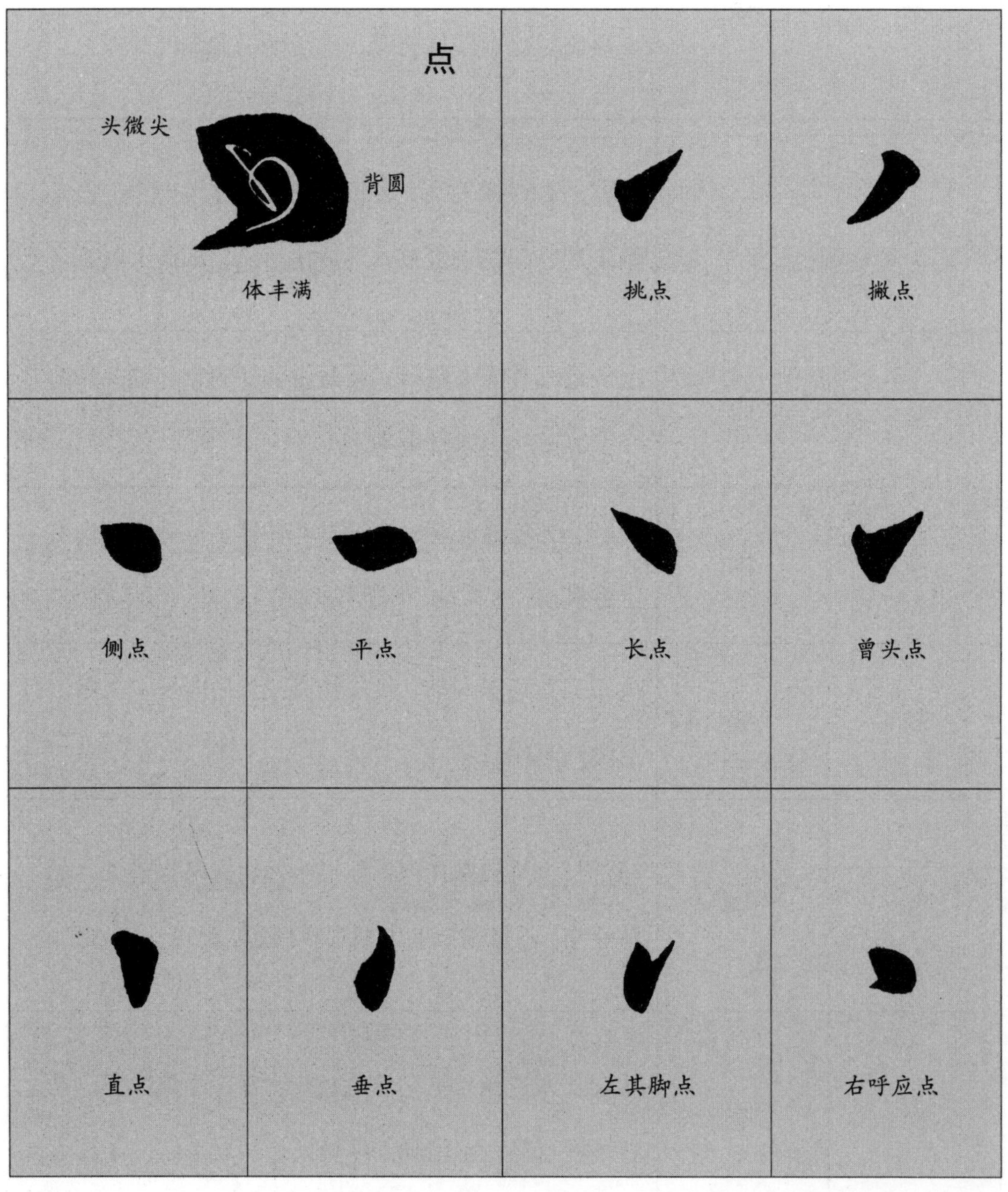

横：头略方，尾斜圆，中段稍细。写法是：逆势起笔，横画直落，中锋行笔，提顿收笔。

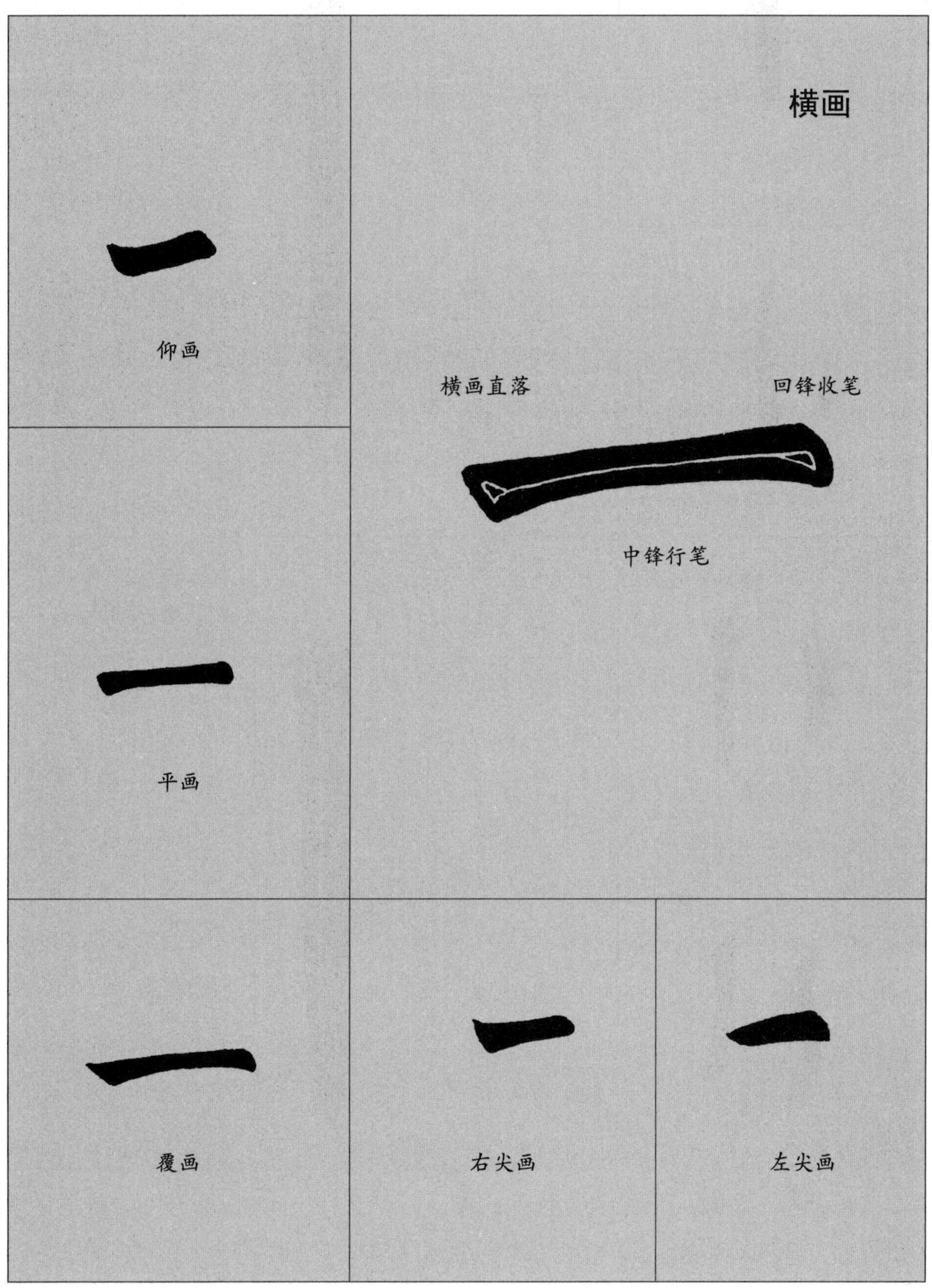

竖：要胸腰挺起，劲健有力。写法是：逆锋而起，横落笔，中锋下行；回锋收笔时，要沿左侧逆上。

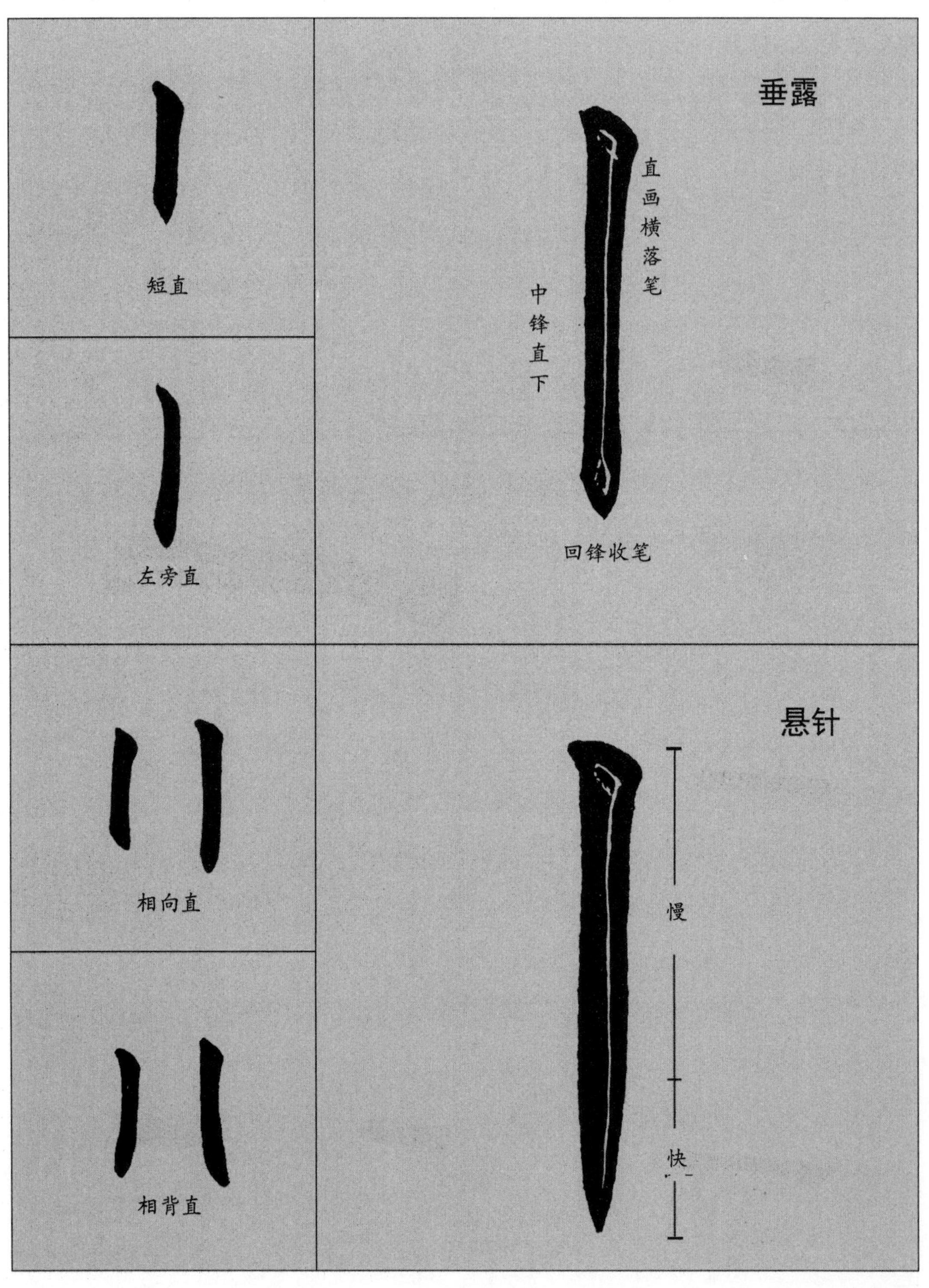

撇：要力到锋端。写法是逆锋而起，右斜落笔，中锋行笔。必须送到锋尖，勿使头重尾飘，中途拨出。

捺：要“一波三折”，做波浪形，但上边线要直，不要凹下去。写法是逆起、中行，颈部稍细，捺脚处尽量使笔毛铺足，逐步顿挫，右扬出锋。

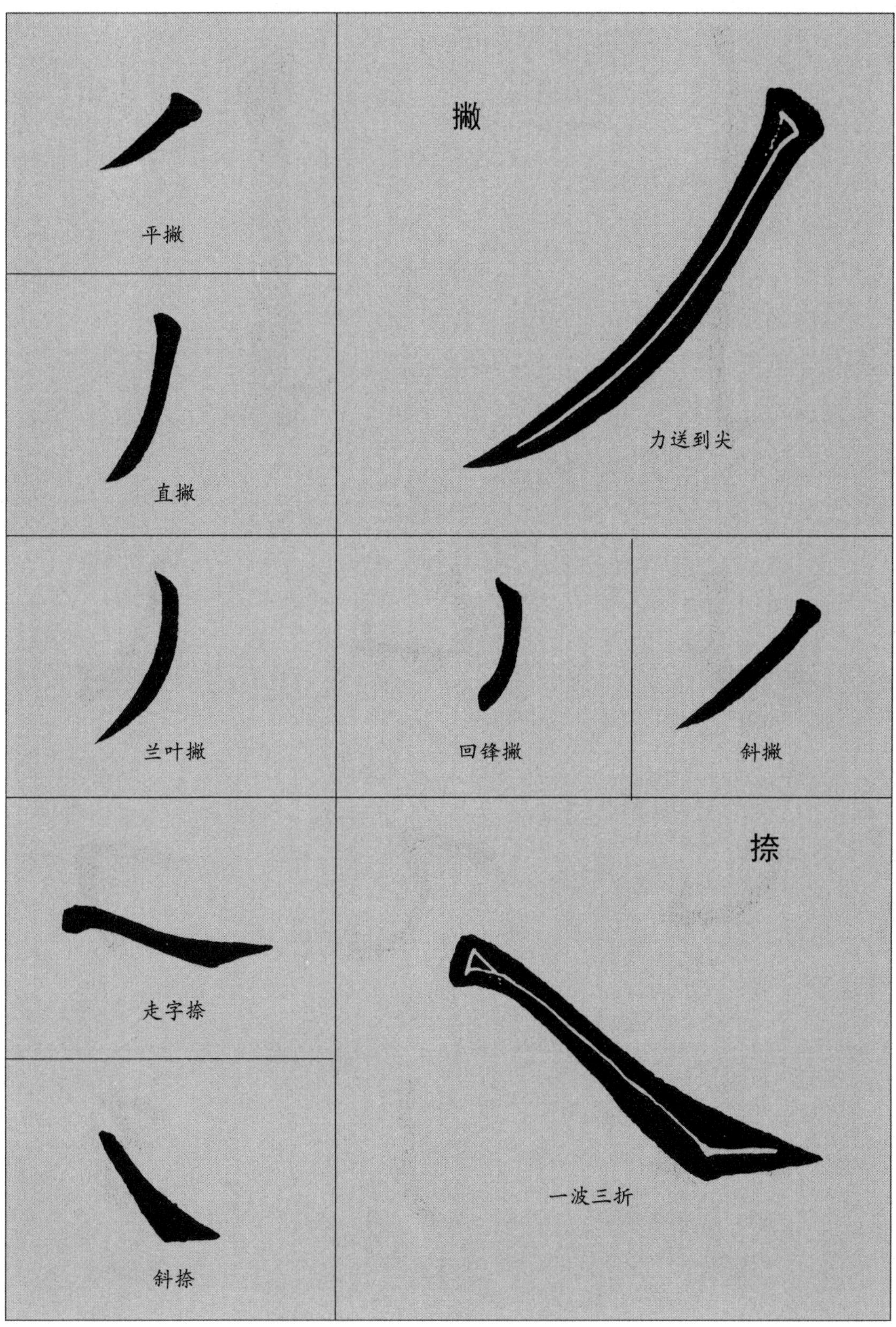

钩：边线要平些，出锋锐利，整体饱满。写时可将笔管略向后倾，使笔毛铺开后，随即拎正，平推而出。

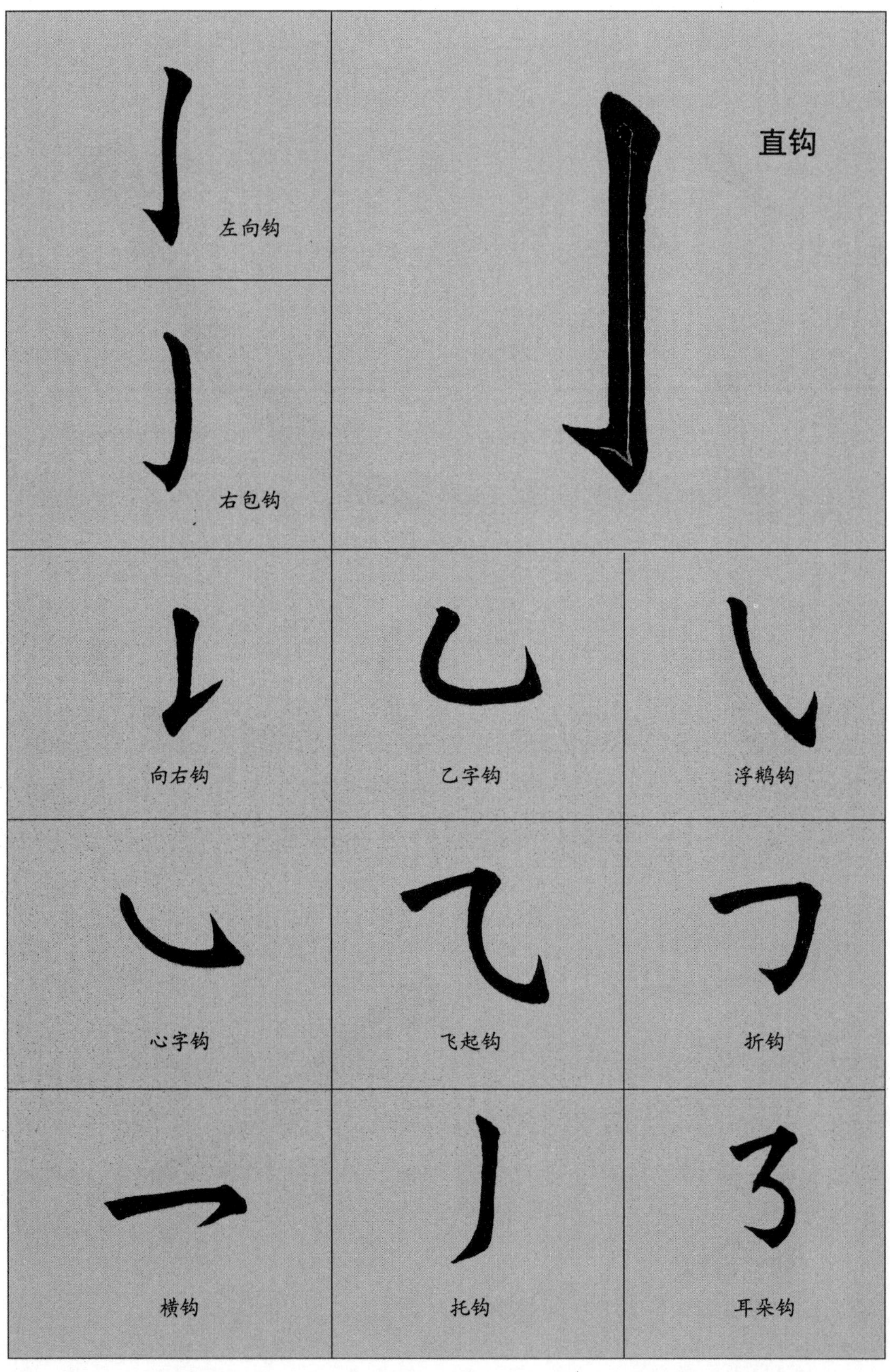

挑：恰如撇的反向，直落逆起，沉着有力地向右上方挑出，务使力到锋端。

折：是横和竖的连接，关键在转角处要“提笔换锋”。初学者可分两笔来写，先写横画然后折转直下，转折处要断而再起，若断还连。

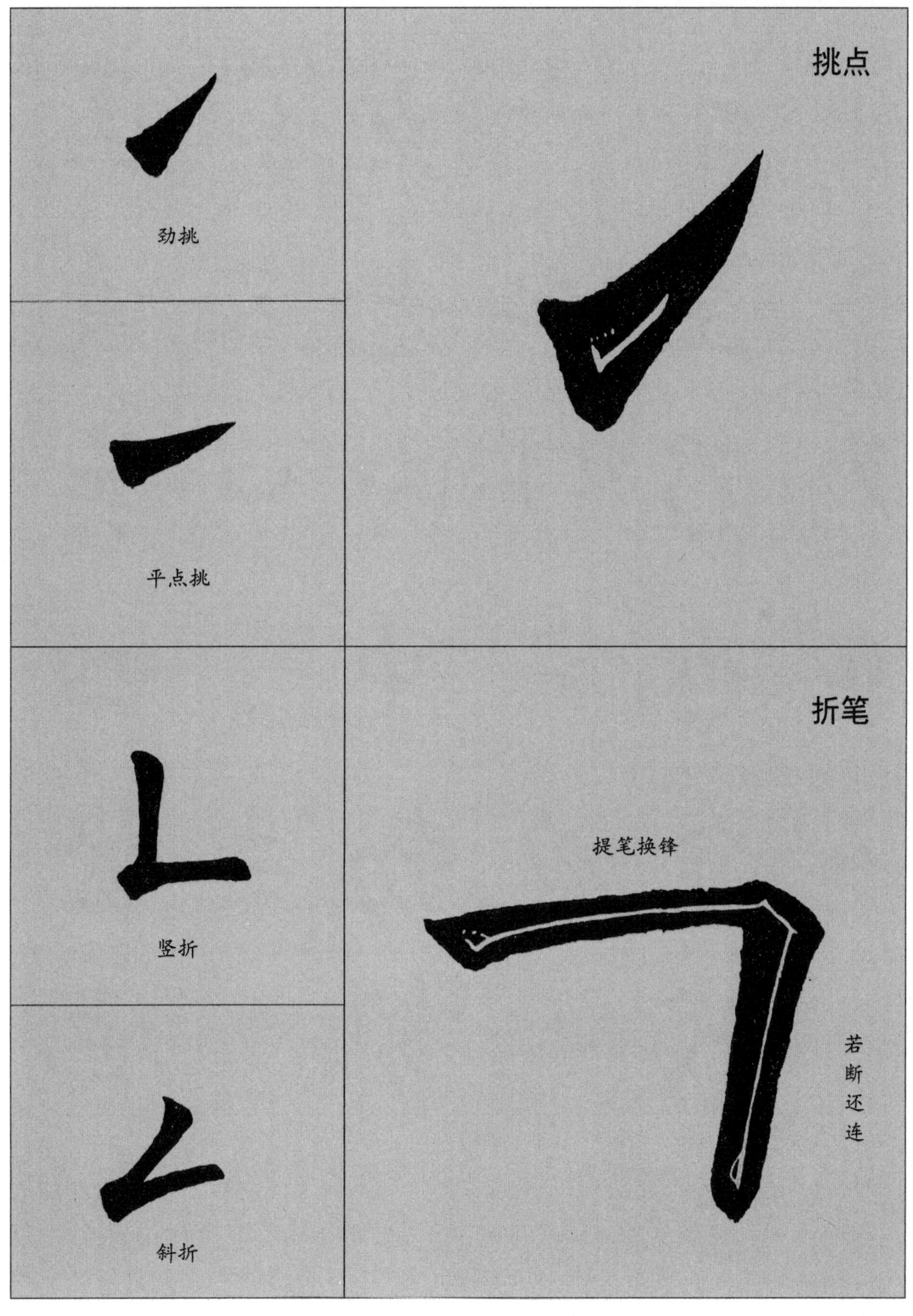

六、点画与偏旁的应用

一	丁	二	五	勹	勿
丨	千	亠	京	匚	匡
丶	主	儿	光	又	友
丿	乃	冂	内	口	吉
乙	也	冫	冲		四
人	介	力	勃	土	坐
	代		努		地

大	夸	广	度	手	持
女	好	弓	弘	攵	效
宀	守	彳	復	斤	新
小	尚	心	志	日	春
尸	屏	忄	惶	曰	曼
山	岳	戈	成	月	朝
巾	帝	户	房	木	梯

芭試起賀踐遂邱

艸言走貝足辶邑

碑祠稻突筵縉緊

石示禾穴竹糸

永海炎熊猛蛊眷

水火犬皿目

騎鮑鳳麟黨骸龔

馬魚鳥鹿黑骨龍

貌軍闇陋雍雲題

豸車門阜隹雨頁

蛩裂虞酒銀肥聚

虫衣虎酉金肉耳

七、怎样写好结构

字要写得端正、雄强、稳健，关键在于写好笔画和结构，两者是不可分离的。有一句术语：“点画生结构”，即点画是结构的基础，没有规范的点画，写不出好的字体，像一台机器一样，零件不合格就无法装配出精密的机器。为此，古贤总结了多种繁杂的法则用来写好字的结构，对怎样掌握结构提出以下一些简要方法：

（一）重心平稳

每一个字都有一个重心，所谓重心，是指字的支撑中心。例如“中”字，中间一竖就是重心，所以有些字的重心，体现在它的主要笔画上，称为“主笔”。如果这一笔写弯了或是写得不规范，这个字就瘫倒了，故有“主笔有失，余笔皆败”之说法。如“旦”字，下面的横画起着承载全字的作用，也是“旦”字

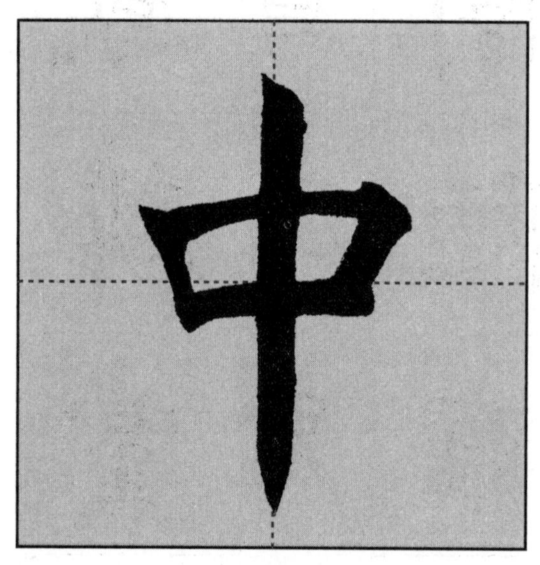

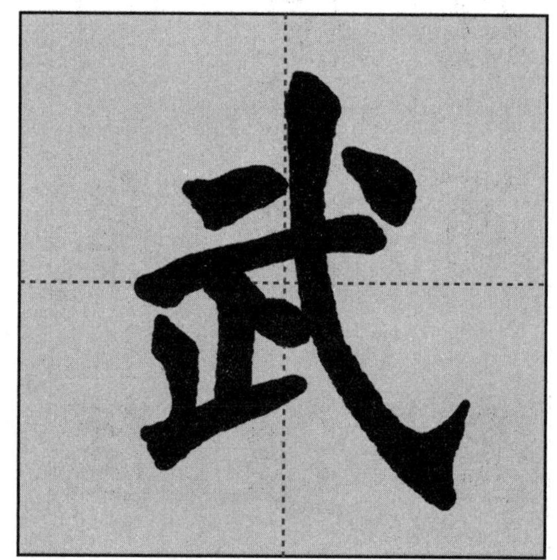

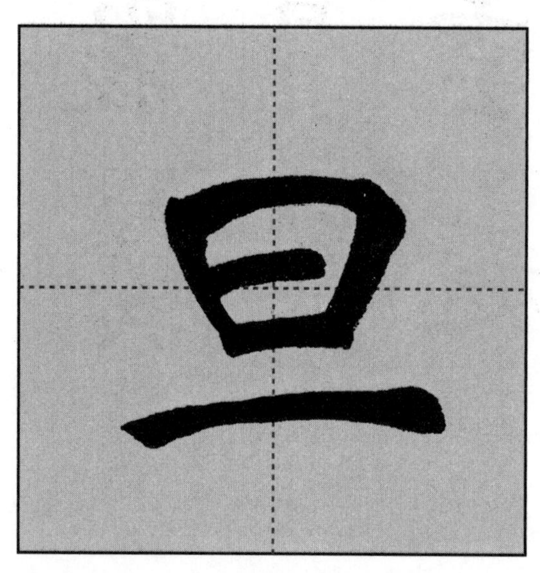

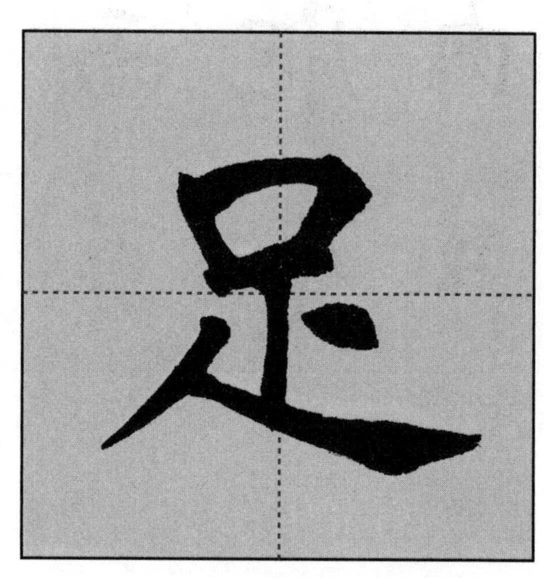

的主笔。“武”字的斜钩、“足”字底部的捺脚都是字的主笔，写好这两笔也就掌握字的重心。

有时，一些字的主笔并不一目了然，其实它的重心则贯穿在字的中心线或交叉点等处，如 “女”“常”“父”“米”等。

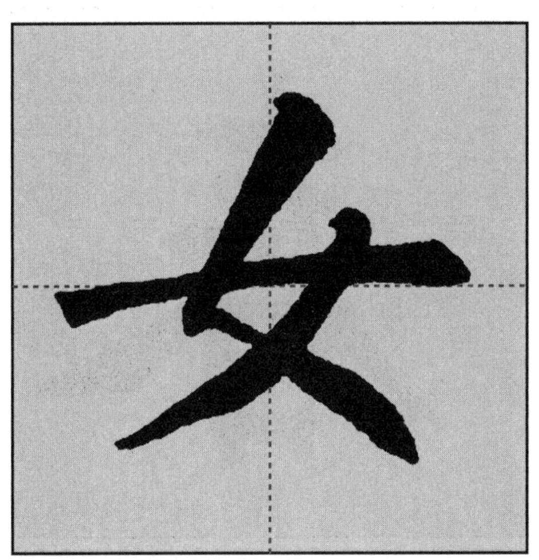

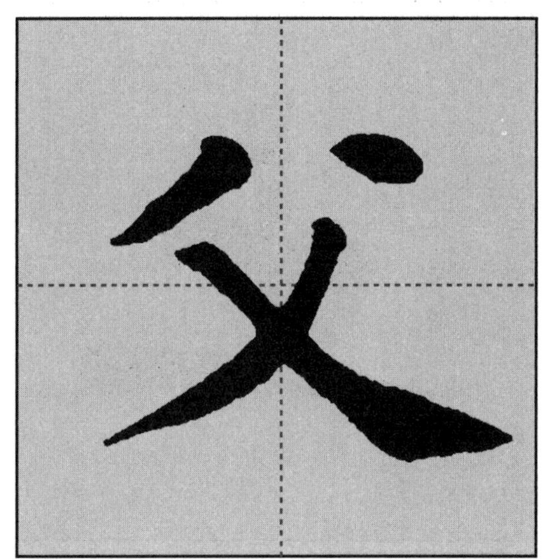

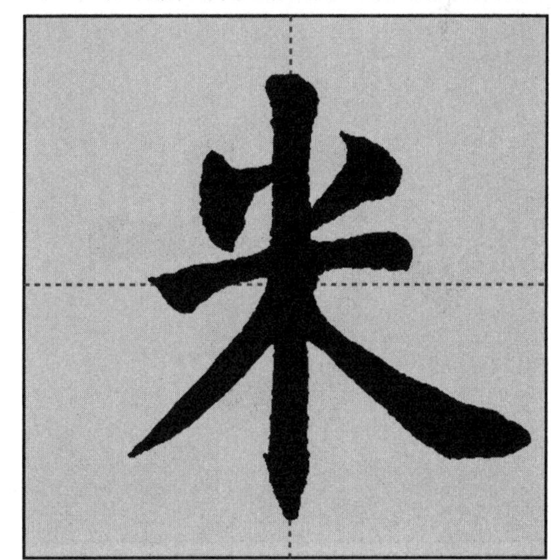

（二）疏密匀称

汉字笔画多少相差悬殊，若想写得整齐美观，一定要讲求笔画之间的疏密匀称，笔画多的要写得紧密而匀称，笔画少的要写得宽舒而不松散。在书法术语上称布白，即分体要平均。要符合“疏处可走马，密处不透风”的说法。如“土”“甘”“春”“粪”。

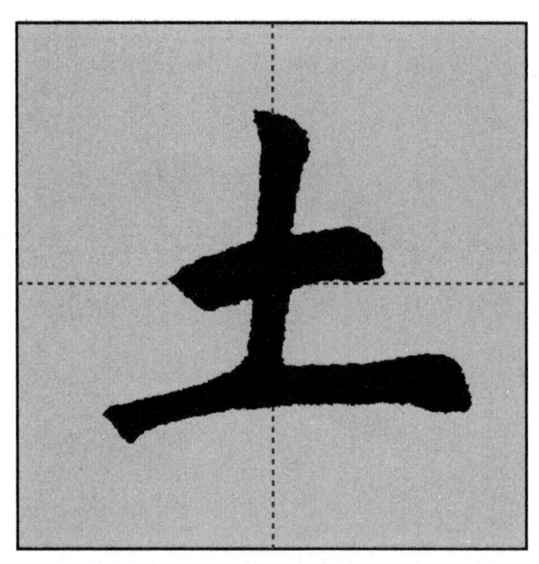

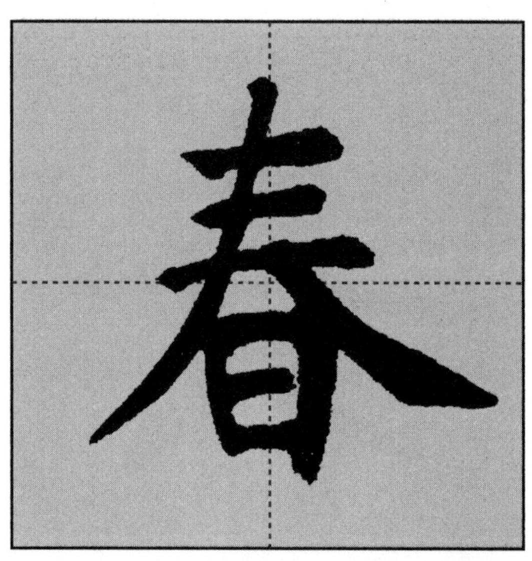

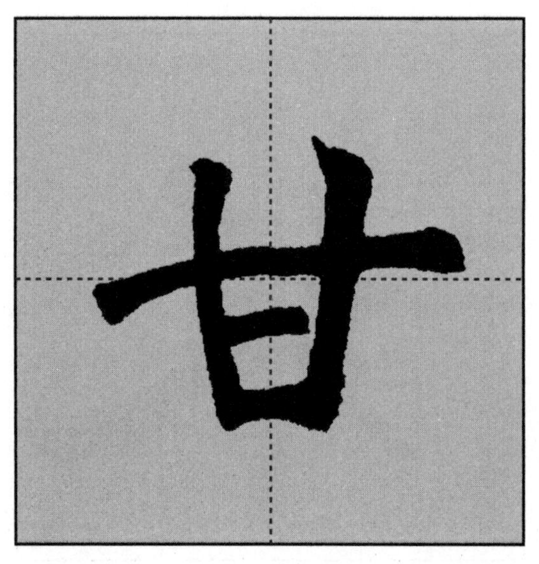

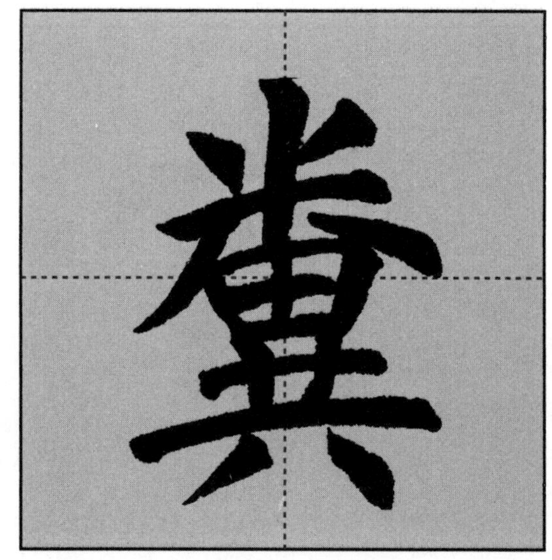

即使遇到笔画繁杂、单字重叠的字体，也要特别注意疏密匀称、有条不紊，要求笔画写得精到，黑白分明。

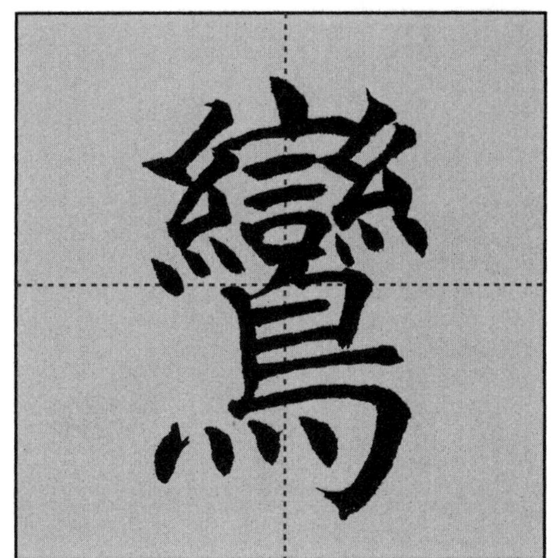

（三）比例适当

比例适当是专门对合体字而言的。如“醉”字，是两个部分组成的，这两部分是对等的；又如“辙”字是三个部分组成，三部分在整体中各占三分之一；还有如“坚”字是上下两部分组成，应上下各占一半；“意”字由上中下三部分组成，整个字应是三等分。这种比例关系，只是大约的估计，在实际应用时不能过于死板，要适当灵活些。

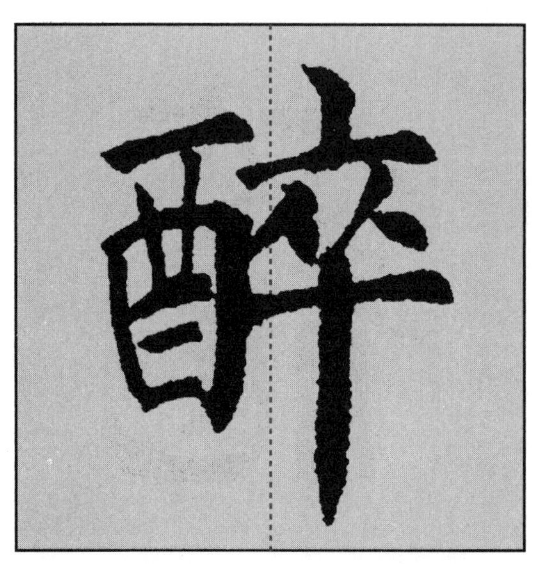

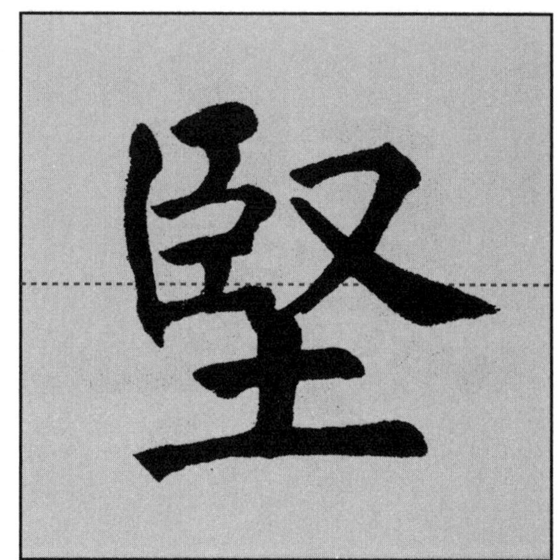

对于边框、包围结构的字而言，框内笔画多，那里面的笔画要写得紧凑一点，边框可适当缩小，以求协调；框内的字笔画少，笔画可以写得粗壮些，同样以达到视觉协调。如“围”“用”“回”“罔”。

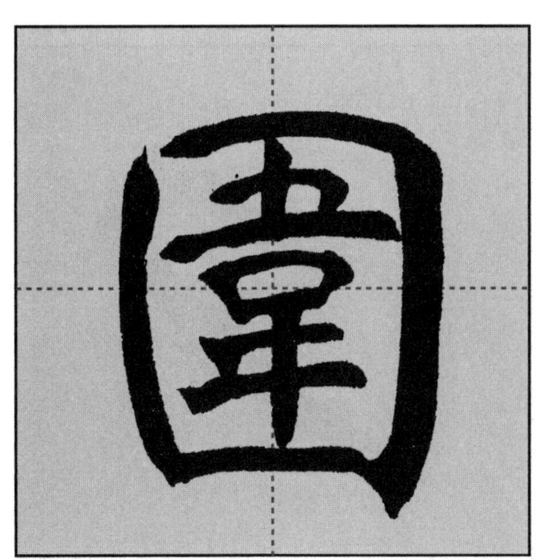

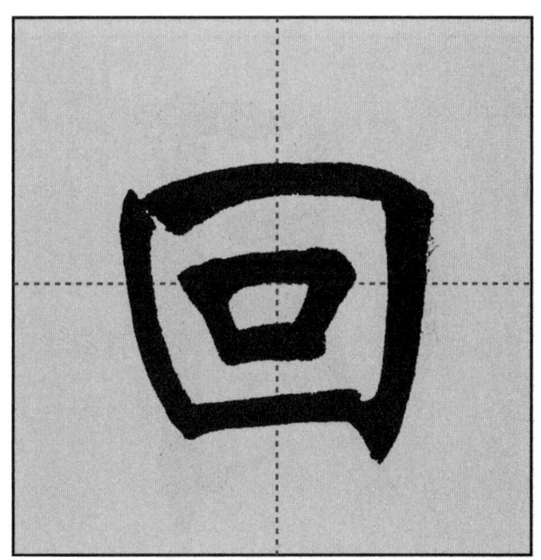

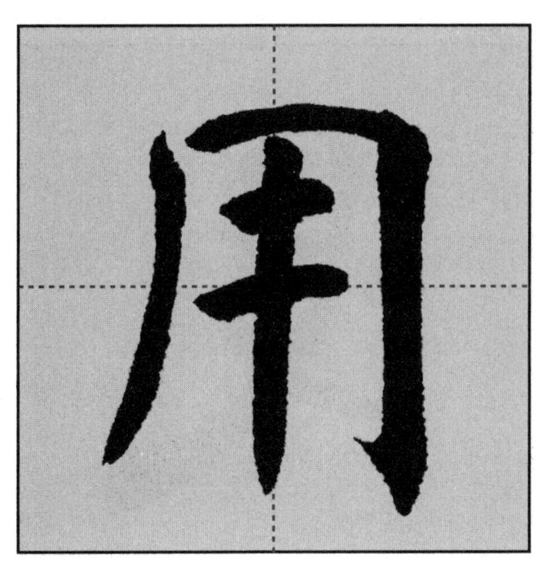

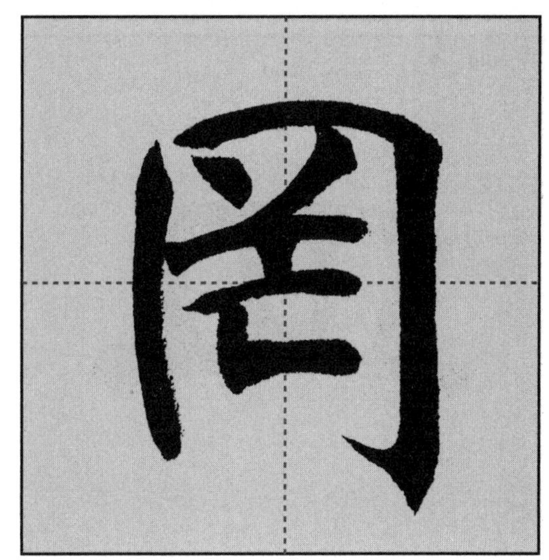

另外，有些字形是瘦长形、扁长形、斜形等，书写时应仍按其形状，不要强求整齐而把它压扁、拉长、扶正。

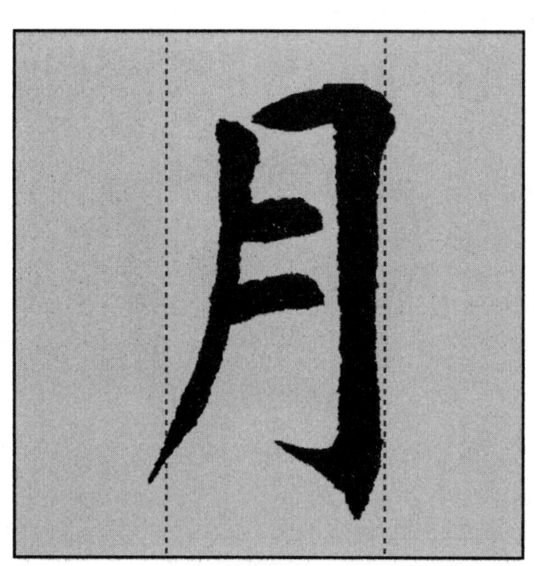

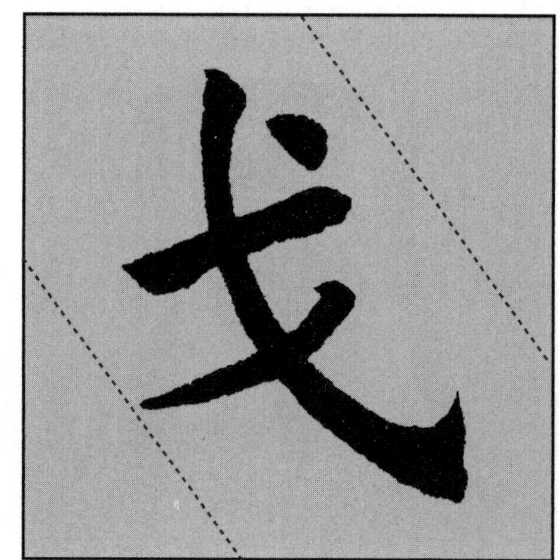

（四）点画呼应

要把楷书的点画写得生动活泼，就要注意笔势往来和点画之间的呼应。点画之间要笔断意连，即运笔动作相连不断，点画往来呼应，笔落在纸上形成的点画有起有收，笔笔分清。

掌握好点画，不仅有益于写好楷书，而且可为学行书打下基础，进而能领会到“楷书是行书的正写，行书是楷书的流动”的道理。

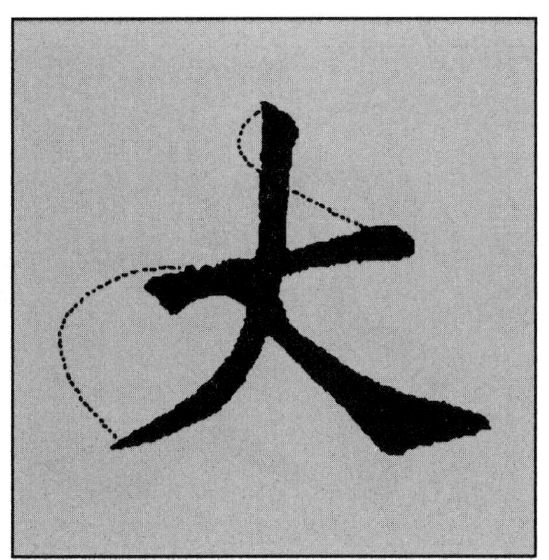

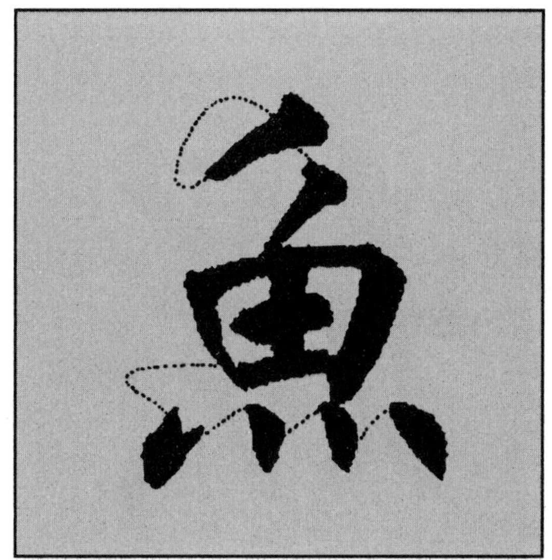

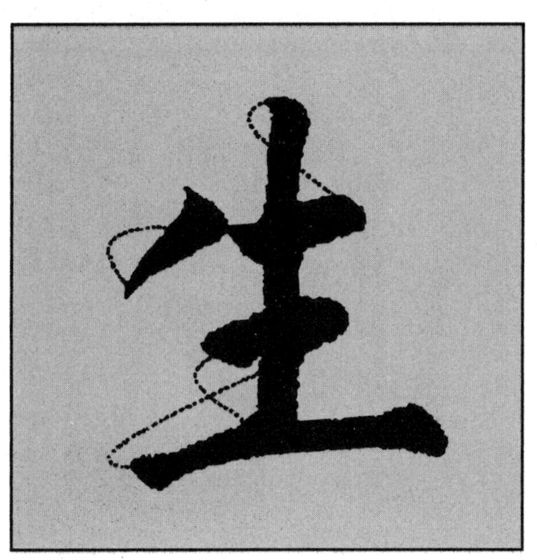

（五）偏旁迎让

偏旁迎让是针对有偏旁的汉字而言的，很多字原来都是独立的单字，一旦与其他字合在一起成了偏旁，那就不能像原来的字形一样舒展了，要把原来舒展的笔画收缩，把位置让给左边或右边的主体字，共同打造优美的字体。

如“女”“土”“子”“山”等字成了偏旁，就不能像原来一样成为独立的单字。

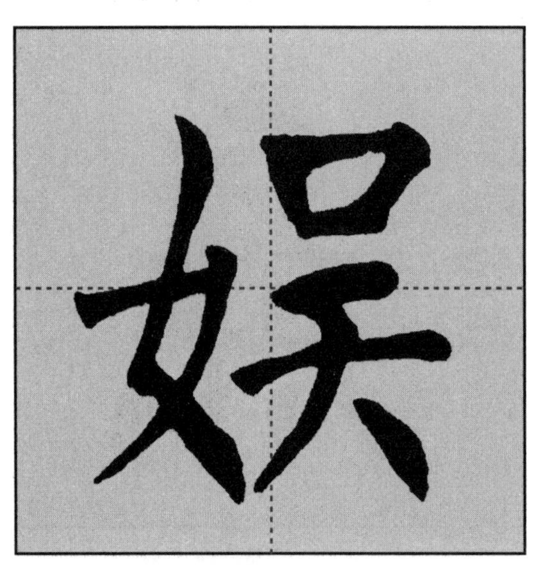

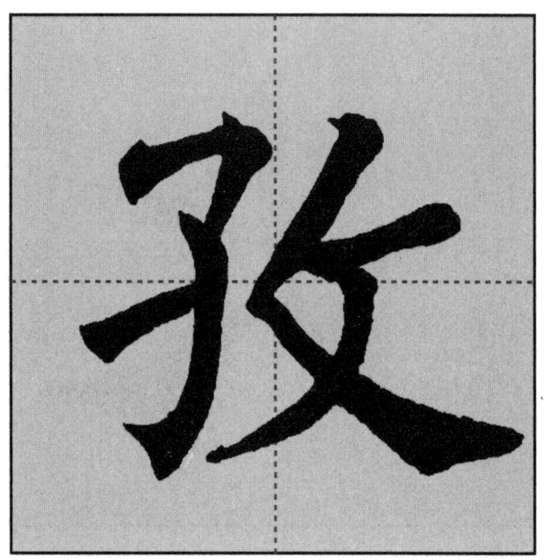

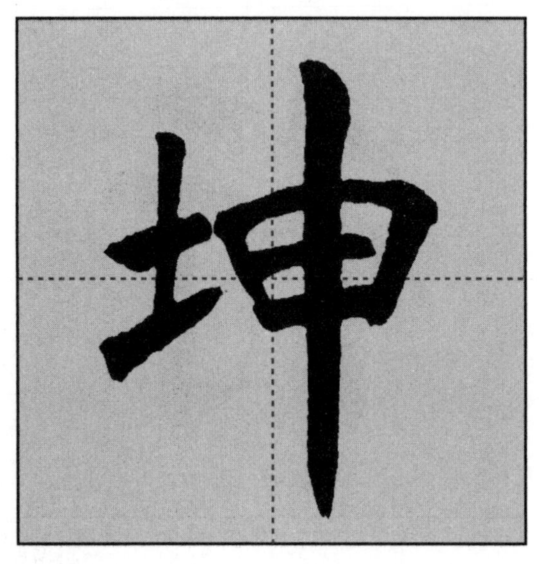

又如：“聘”“鸥”等字，两旁均上窄下宽，须注意下面有迎有让，不挤也不散。而“弼”“铁”等字，由三个部分组成，两旁要向当中部分靠拢，相互呼应迎让。

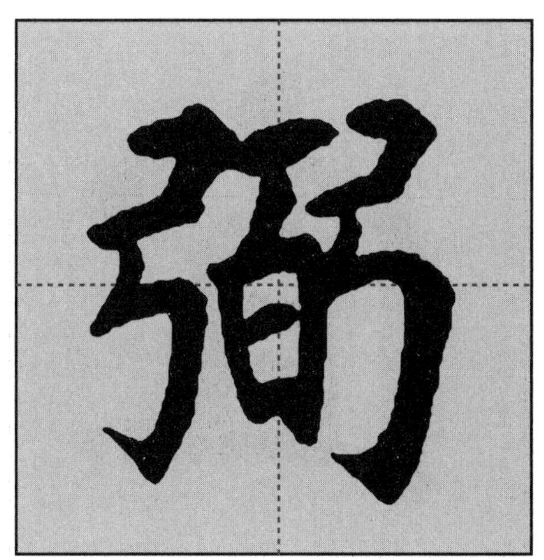

再如："宜""尝""盖"及"忠"等字，上面有"帽子"覆盖或下面有"底座"相载，其上盖的部分或下载的部分可写得长大些，以迎合其他部分。

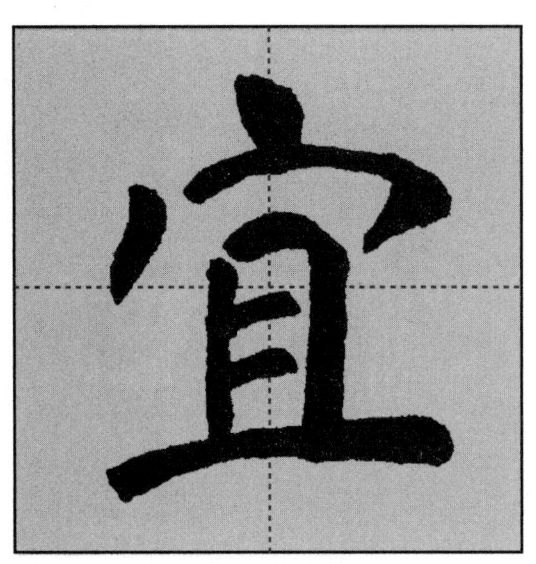
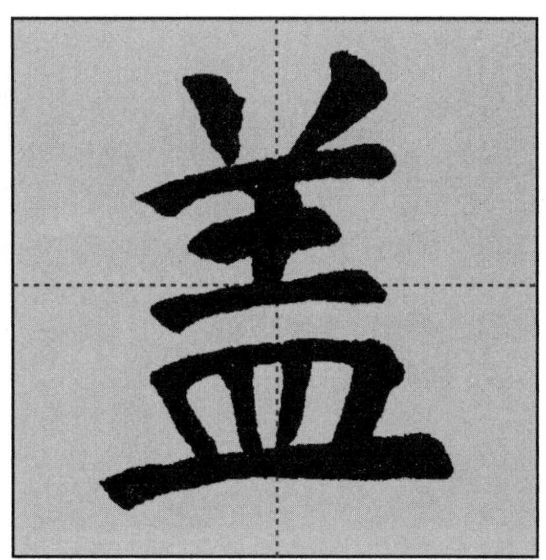
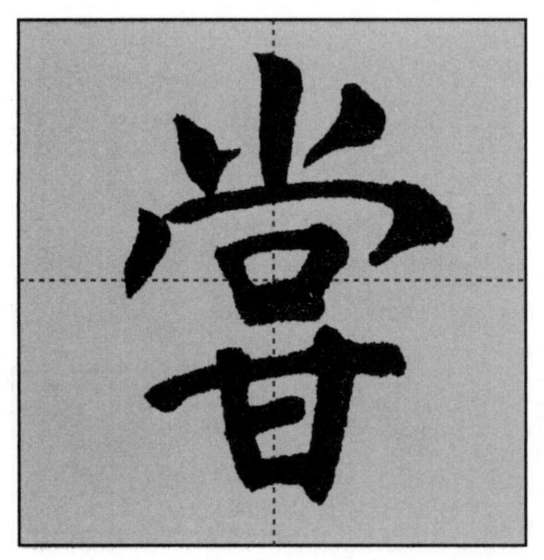
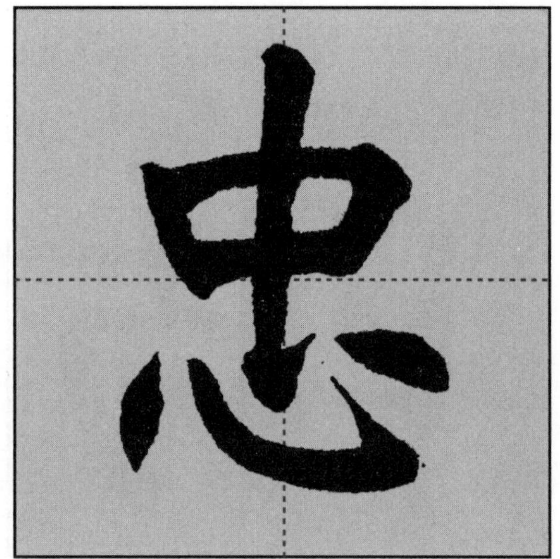

（六）向背分明

每个单字和每个偏旁字，都有各自的特定方向。例如“食”字，朝向是往右的，又如“欠”字朝向是往左的，二字合在一起的时候就成了相对的方向，在书法上称相向的字。又如“弓”字， 朝向往左，而“长”字的朝向往右，二字合在一起方向各异，称为相背。在书写时相向的字不能靠得太紧，要有一定空隙，相背的字不能离得太开，故称：“向不犯碍，背不脱离”。例如“饮”“纺”“北”“张”四个不同方向的字体。

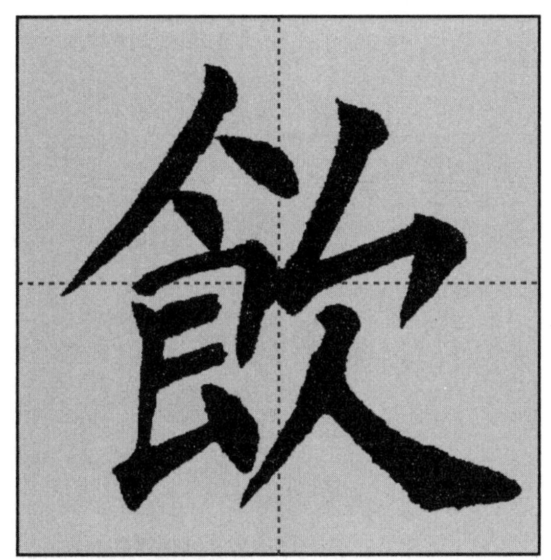

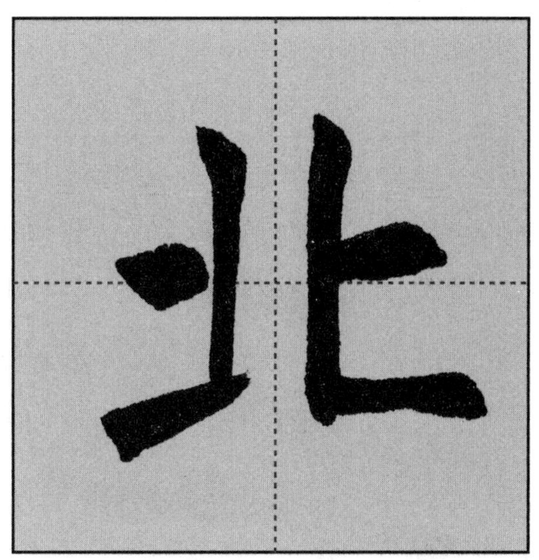

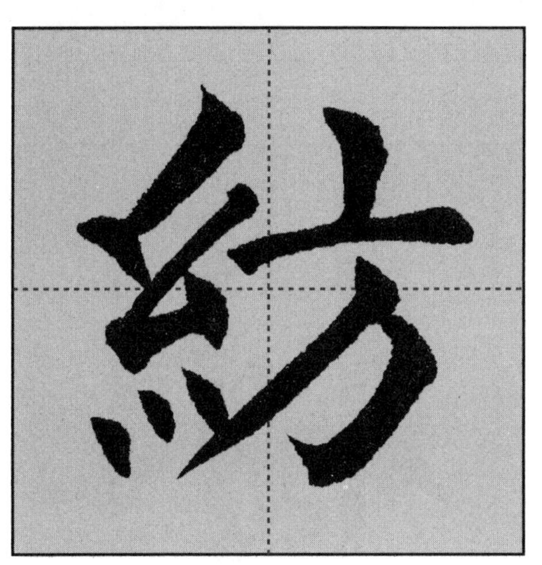

（七）变换参差

遇到字中有两笔及两笔以上相同的点画、两个及两个以上相同的字形时，就要注意变化、参差、错落，以免字形呆板或类同，可用“一收一放”“一短一长”“一斜一正”“一高一低”等方法加以变换，这样，字形显得匀称而有姿态。

例如，“三”字上画仰上、中画平而短，下画长而覆。“川”字三竖，左竖要向左弯一点，中竖要直，稍短于左竖，右竖则要挺胸，稍长于左面两竖。又如“圭”字是两个“土”相叠，在写的时候上面的“土”要收缩，下面的“土”要舒展。再如“林”字，左边的“木”不能有捺脚，右边的“木”捺脚就要舒展。

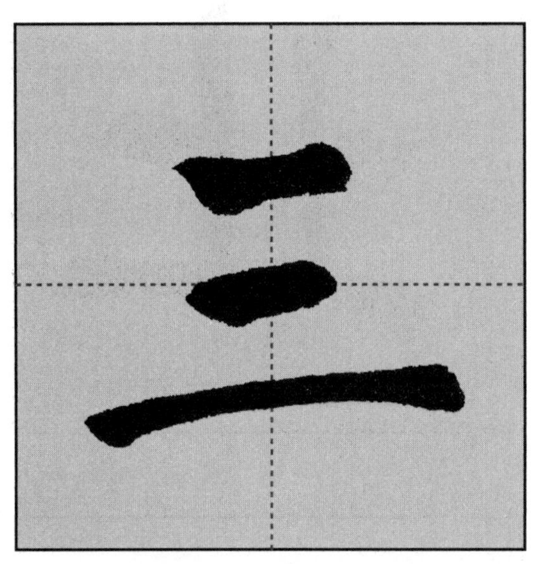

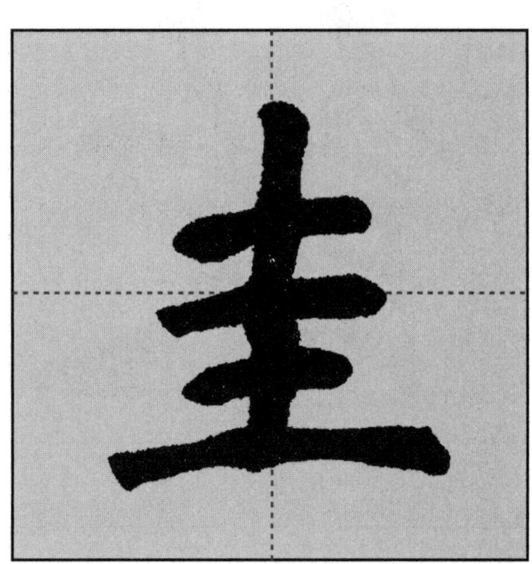

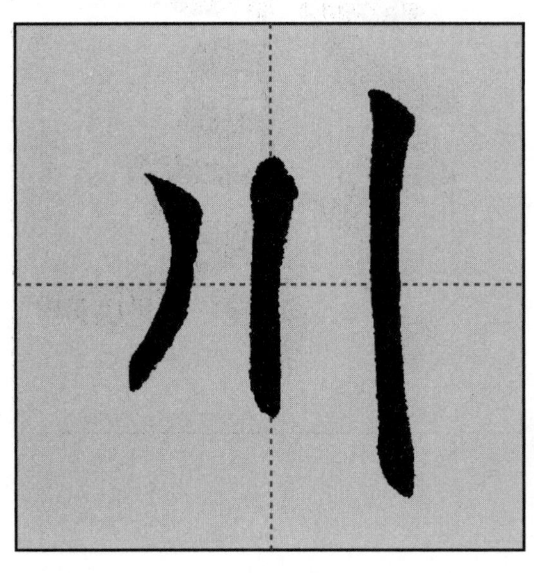

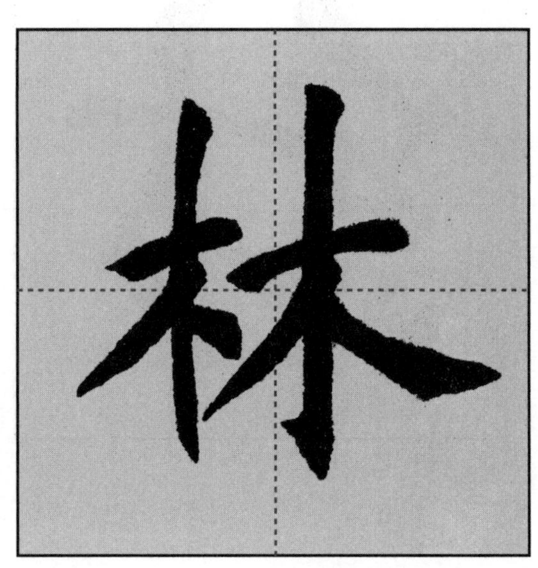

八、怎样掌握笔顺

一个字，应该哪一笔先写，哪一笔后写？这个顺序，叫作笔顺。按照笔顺去写，不但能够使笔画之间搭配得较好，有利于掌握好结构，而且能提高书写的速度。汉字的笔顺规律主要有以下七条：

（一）先横后竖

例如："干"字，先二横，后一竖；"正"先横后竖再横画；"世"先横后竖又横画。

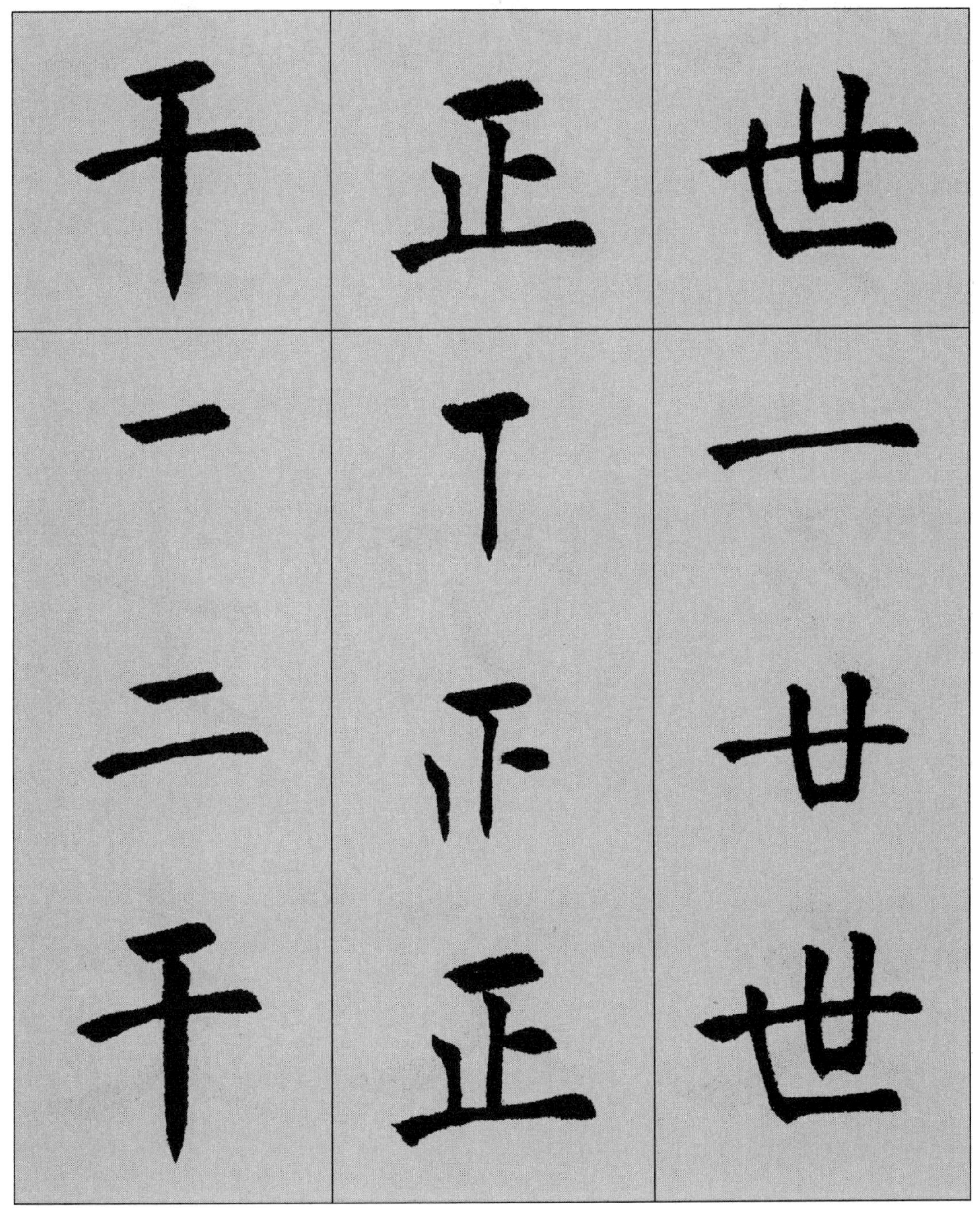

（二）先撇后捺

例如“久”“父”“丈”等字，字顺如图例。

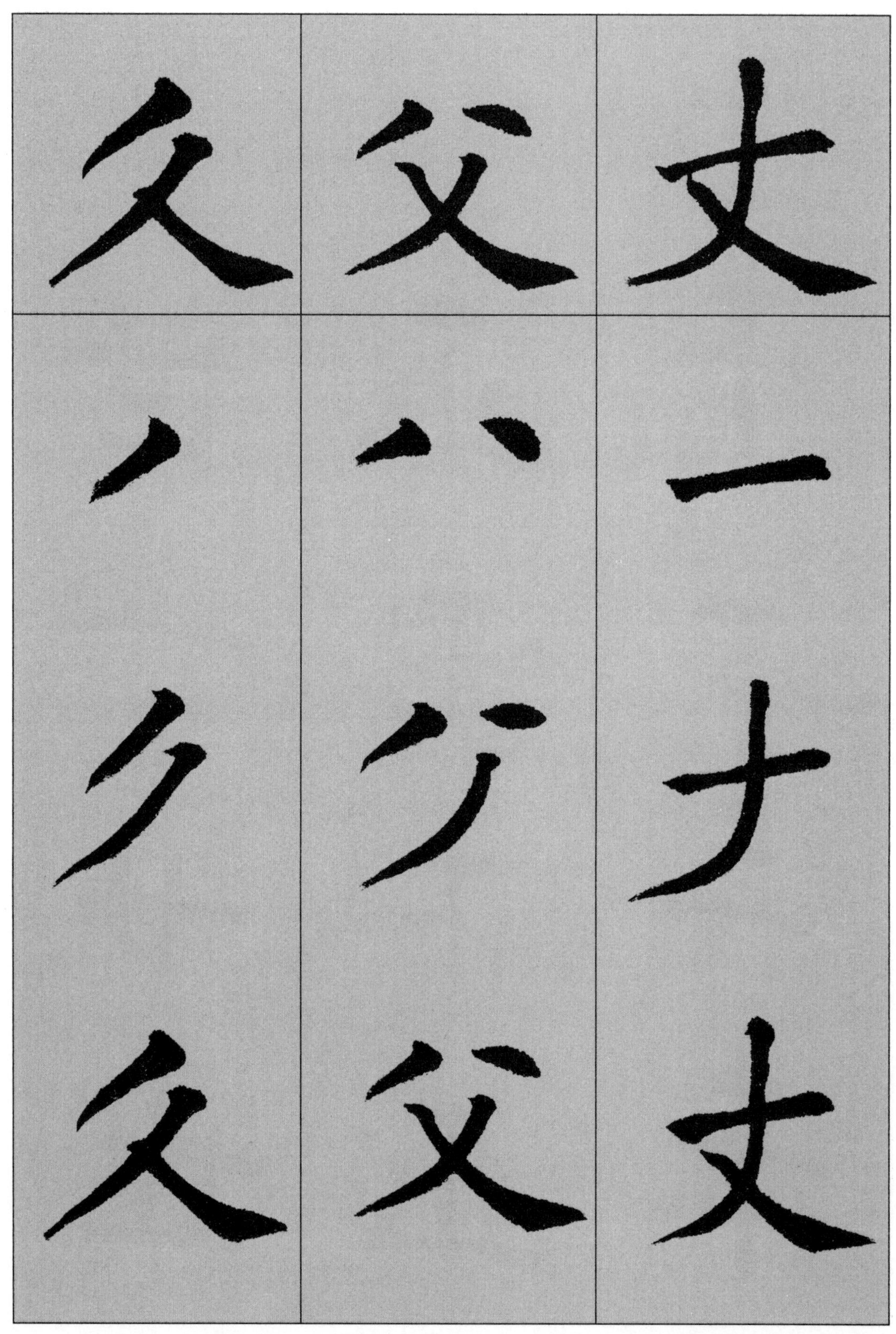

（三）从上至下

例如“主”字，总是先写点与上画，再写中画，再写一竖，后写下画；“罕”字也要先写“冖”，再写“八”，后写“干”；“盖”字先写“丷”，再写“王”，后写“皿”。

主	罕	盖

（四）从左至右

例如“川”字，要先写左撇，再写中竖，后写右竖；“则”字先写“贝”字，后写“刂”；“谢”字，要先写“言”，再写“身”，后写“寸”。

（五）先中间后左右

有些左右对称的字，要先写中间，再写左右，就容易排稳。例如“幽”字，要先写中竖，再写左右两边；“步”字先写“止”字的中竖，后写两边，下半部分也同样先写中钩后两边；“鼎”先写中间的“目”字，再写目下面二竖，再写左右部分。

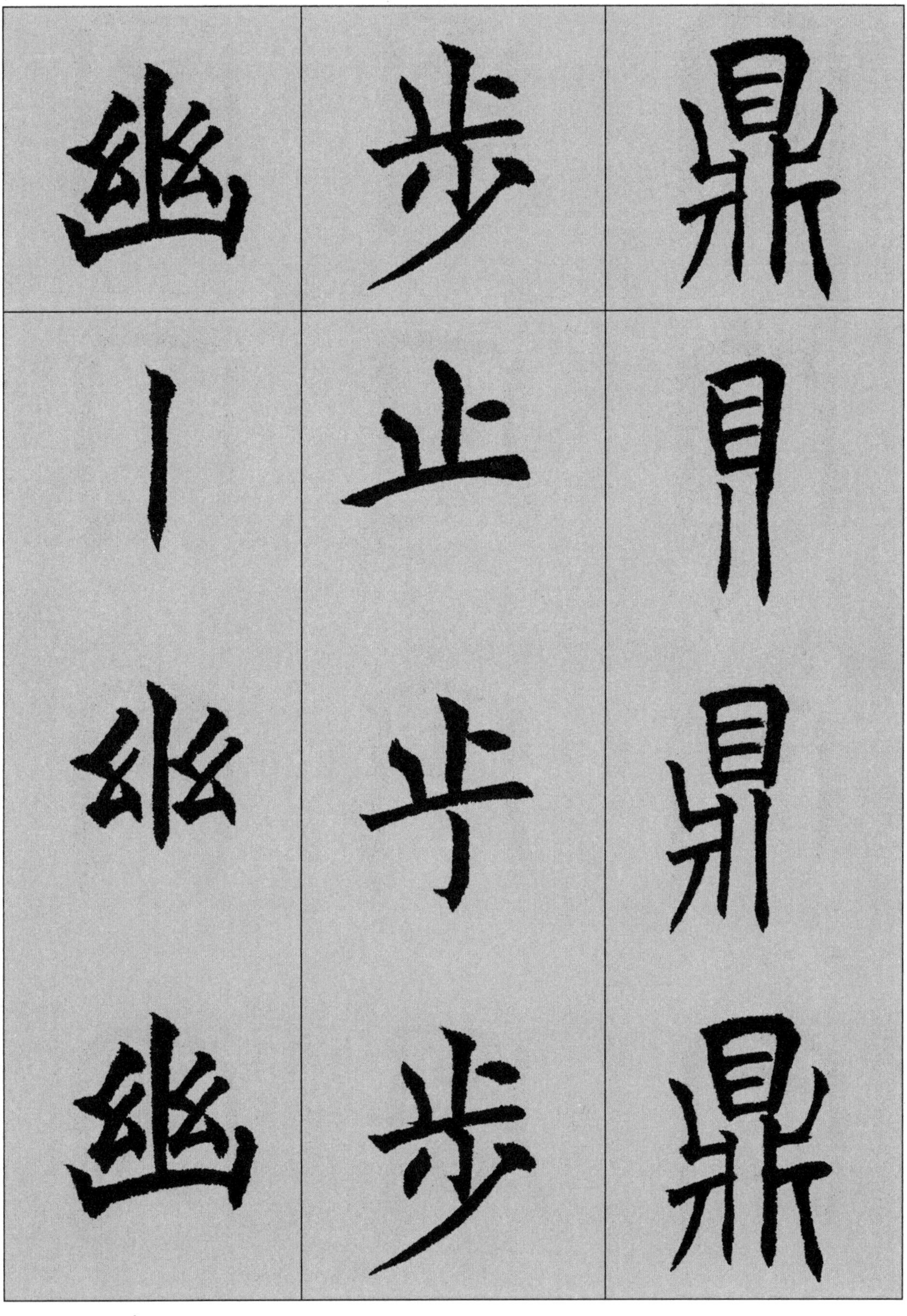

（六）先外后内

例如“同”“周”“冈”等字，一定要先写外框，后写内部。

（七）先进后关

如“困”“园”“国”两字，先写外框三面，再写内部，最后写下面一横。

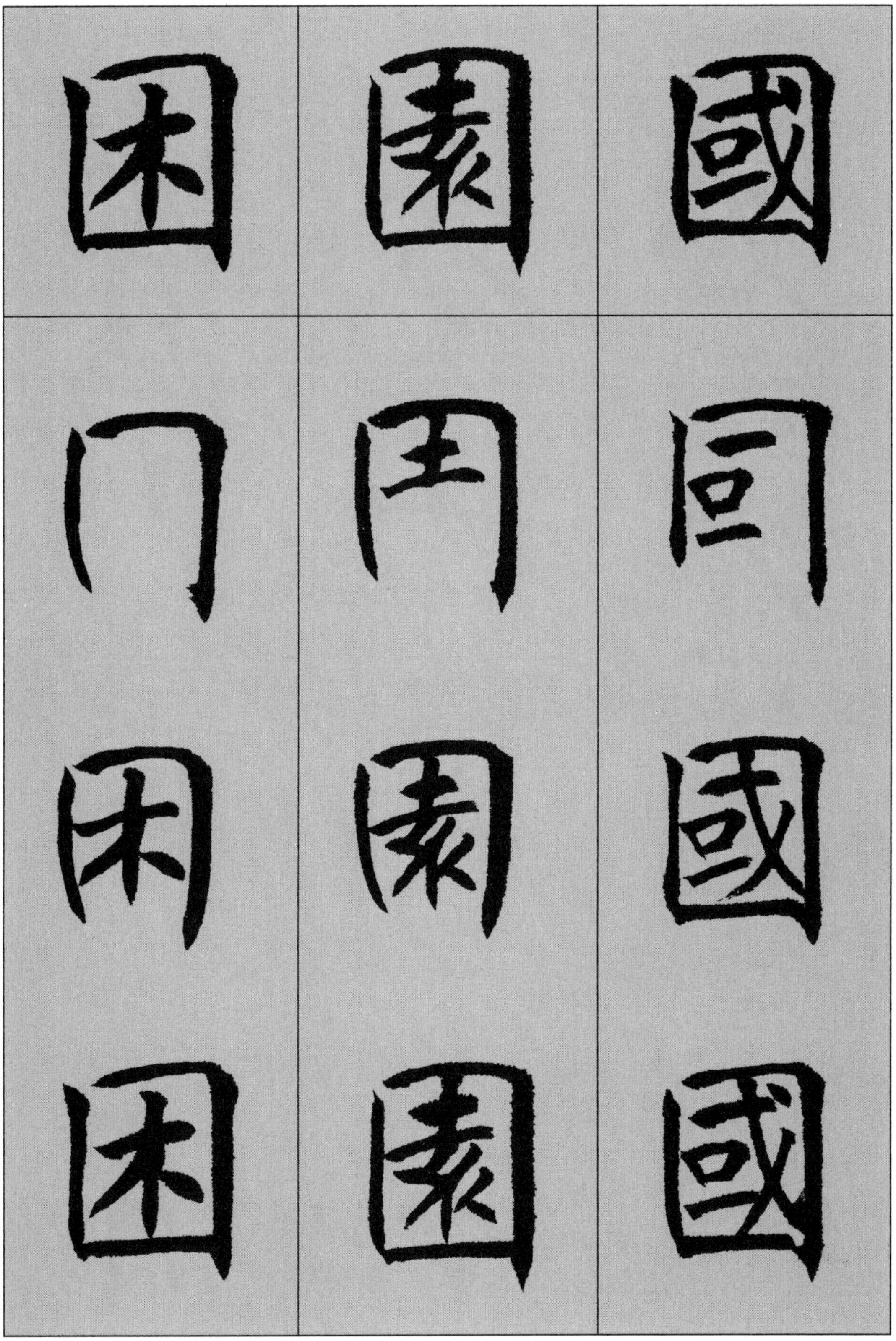

（八）灵活变动

此外还有一些难以按上述顺序来写的字，笔顺可灵活掌握，例如“必”字，可先写一点，后写一撇，再写弯钩，然后再写左右点；也可先写弯钩，后再写一撇，然后写三点。“方”字，一点一横写好后，可先写折勾，再写撇；也可先写撇，再写折勾。“有”字上部的一撇，可先写一撇，也可先写一横。

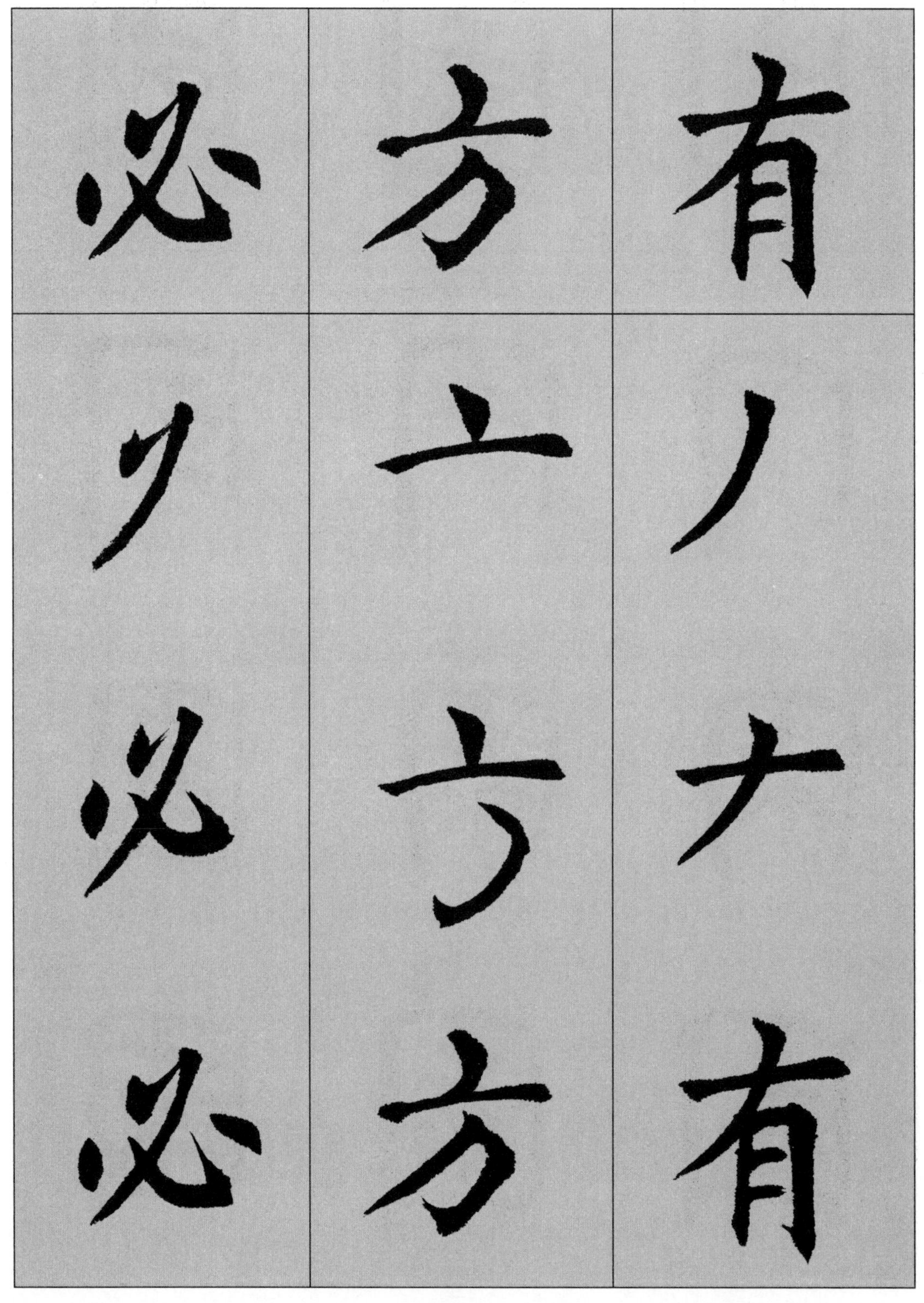

现在汉字简化，通用横式书写，所以在实践中，产生了一些新的笔顺写法。例如“右”字，按以往直写的笔顺，是先撇后横，然后写口字；而现在横式书写，则先横后撇，比较方便。关于这方面的经验，今后一定会在书者的实践中不断总结出来。

下面再举些实例，供读者参考。

第二部分 楷书作品赏析

一、临习楷书作品《正气歌》提要

本书所载南宋文天祥《正气歌》，作品体势取法于颜体，字形宽绰，结构平稳，气势磅礴。为使初学者能够深入了解该字帖，现就该字帖的特点作一介绍，以便初学者进行临习。

（一）笔法

笔法是楷书的重要构件，各个书家都有不同之处，从笔法入手是学习楷书的重要途径。从这幅作品中我们可以看到，其笔法都是典型的楷书写法，但是又融入其个人的特点，与他人有所不同。在笔法上其点往往比一般的要大一些，尤其是在横画之上的，如“柱”“磅”“泣”等字。这就像古人所比喻的“如高峰坠石”。其横划起笔很低且重，然后向中间行笔，在结尾处稍稍下压，以保持平衡，如“吐”“乎”“垂”等字。其竖如庭柱，坚实挺拔，起笔和收笔自如含蓄，形如“万岁枯藤”。写法是逆锋入笔，斜切折笔，顺势而下，至笔画末端轻顿，然后向上收，这是垂露，如“楫”“帽”“赖”等字。还有悬针写法，其收笔不露锋，尖中带园，如“中”“军”“师”等字。其撇虽然多种多样，但是最具特色的是细柳般的撇，虽细不弱，掠意浓厚，如“耿”“慨”“狐”等字。其捺画很有隶书的笔意，落笔重，然后提起，再重按捺出，有一波三折之意，如“太”“秦”“冰”等字。像梅花豹，在跃出之前，先四足收拢，然后瞬间迸发。其捺脚压得很低，从其出锋的方向就可以看出，给人持重之感。其折方中带圆，轻按转锋，稍提笔下行，转角饱满不突兀。其钩锐利挺拔，蓄势而速出，其写法是笔画行到钩处向上收，笔毫由卧变为立，铺开转向趯出，力送笔端。其竖弯钩更是与众不同，一般写法是在起笔处形成一个小小的曲折，起到挺的作用，而孙信德先生的写法就是用一种弧形，来表现出一种力的美，如“或”“贼”“哉”等字。

（二）运笔

从其运笔来看，这部楷书作品既有碑书的铺毫，又有帖书的敛毫，提按自如，犹如拉面，显现一股力量，给人以遒劲的感觉。其特点一是起笔收笔，藏头护尾。其藏锋只是通过一个很细微的动作，将锋毫很小部分掖入其中，因此有的看上去像露锋，但又不是这样。其收笔也是轻提、略顿、回锋，如“不”“立”“上”等字。二是中锋运笔，力注笔端，其竖画直而不板，悬针饱满不露锋，如“牛”“中”“师”等字，初学者要细细揣摩。三是笔法凝练，具有质感。笔画之间镶接很紧，如“和”“渡”“遘”等字。一般的书家短撇常以尖收尾，但是高超的书家则不然。这部楷书作品短撇常常是秃头，显得很老道，如“節”“筆”“狐”等字。在转角时，颜正卿所书常常呈现圭角，而孙先生则以方角和圆角代之，厚实丰满，如“闼”“阛”“国”等字就是如此，而且是用外拓笔法，在转折处用使转，其给人阔绰雄强，雍容大气的感觉。在这幅作品中，孙信德先生还十分注意运笔粗和细的结合，以相互衬托，表现字的内在魅力，如“杂”“照”“予”等字。其细横、轻掠、重点、厚捺、锐钩频频出现，以运笔轻重来体现字的张力，这些常常给人重若崩云、轻如蝉翼的感觉。

（三）结体

结构与笔法是楷书的两大基石。这部作品中一是结构稳固，表现在突出笔画的张力时，注意保持字的内在平衡，如“東”字，其第二横画由下向上行笔，显然左侧分量重了，于是作者在捺笔加重分量，使之保持平衡。这种方法在这部作品中很多。还有就是笔画的粘连，如“雪”“院”“烈”“为”等字就是如此，这样会使得字的结构稳固。二是其结构稳中求奇，比如“雪”字，雨字内上两点，一般写法是不和上面连在一起的，而这里作者是将其连在一起，一点是重粘，另一点是轻粘，写得富有情趣。还有“瘠”“雾”等字。三是奇中求险，这部楷书作品如“气”“力”“房”等字，其倾斜度超常，临习者一定要注意。在这部作品中我们常可以看到，左侧直竖，常常会出现向内斜入，然结构毫无倾斜之感，这种写法在《爨宝子碑》里能见到，这是这部作品中非常明显的一个特点，临习时要充分注意到字的重心，否则会失去平衡。四是对一些难写的字的处理，这也是考量一个书家书法水平高低的重要尺度，如作品的“帽”“狐”“皂”“囚”等字，作者的处理方法虽与众不同，但都觉得很得体，初学者可以从中受益。临习中，我们还会发现这部作品从结体与运笔上不仅融入了颜体、欧体和褚体，还吸收了魏碑的写法，如作品中的“浮”“得”“尊”等字，因此我们在临习过程中可参阅魏碑习字帖，以便加深对这部作品的理解。

二、南宋·文天祥《正气歌》

天地有正氣，雜然賦流形

天地有正气，杂然赋流形。

下則為河嶽

上則為日星

下则为河岳，上则为日星。

於人曰浩然沛乎塞蒼冥

于人曰浩然，沛乎塞苍冥。

皇路當清夷
含和吐明庭

皇路当清夷，含和吐明庭。

時窮節乃見
一一垂丹青

时穷节乃见，一一垂丹青。

在齊太史簡
在晉董狐筆

在齐太史简，在晋董狐笔。

在秦張良椎
在漢蘇武節

在秦张良椎，在汉苏武节。

为严将军头，为嵇侍中血。

為張睢陽齒

為顏常山舌

为张睢阳齿，为颜常山舌。

或為遼東帽

清操厲冰雪

或为辽东帽，清操厉冰雪。

或為出師表

鬼神泣壯烈

或为出师表，鬼神泣壮烈。

或为渡江楫，慷慨吞胡羯。

或为击贼笏，逆竖头破裂。

是气所磅礴，凛烈万古存。

當其貫日月
生死安足論

当其贯日月，生死安足论。

地維賴以立
天柱賴以尊

地维赖以立，天柱赖以尊。

三纲实系命，道义为之根。

嗟予遘陽九
隸也實不力

嗟予遘阳九，隶也实不力。

楚囚纓其冠

傳車送窮北

楚囚缨其冠，传车送穷北。

鼎鑊甘如飴

求之不可得

鼎镬甘如饴，求之不可得。

陰房闃鬼火

春院閟天黑

阴房阒鬼火，春院闭天黑。

牛骥同一皂，鸡栖凤凰食。

一朝蒙霧露

分作溝中瘠

一朝蒙雾露，分作沟中瘠。

如此再寒暑

百沴自辟易

如此再寒暑，百沴自辟易。

為	哀
我	哉
安	沮
樂	洳
國	場

哀哉沮洳场，为我安乐国。

豈有他繆巧
陰陽不能賊

岂有他缪巧，阴阳不能贼。

顧此耿耿在

仰視浮雲白

顾此耿耿在，仰视浮云白。

悠悠我心悲
蒼天曷有極

悠悠我心悲，苍天曷有极。

哲人日已遠

典型在夙昔

哲人日已远，典刑在夙昔。

風簷展書讀
古道照顏色

风檐展书读，古道照颜色。

文天祥正氣

歌壬辰中秋

文天祥正气　歌壬辰中秋

孙信德书于上海

三、其他楷书作品

岱宗夫如何齊魯青未了造化鍾神秀陰陽割昏曉盪胸生層雲決眥入歸鳥會當凌絕頂一覽衆山小

唐杜子美五言律詩望嶽一首丁酉開春孫啟德書於上海

杜甫诗

昔人已乘黃鶴去此地空餘黃
鶴樓黃鶴一去不復返白雲千
載空悠悠晴川歷歷漢陽樹芳
草萋萋鸚鵡洲日暮鄉關何處
是煙波江上使人愁

崔顥詩黃鶴樓一首
上海張信德書於深圳

崔颢诗

物有甘苦嘗之者識
道有險夷履之者知

劉伯温名句 丙申年立夏節當天孫信德書於上海

刘伯温名句

深妙圓融笑納天下事

為彌勒造像題联

慈悲大度樂助世間人

乙丑大暑孫信德於上海

对联

好雨知時節當春乃發生隨風潛入夜潤物細無聲野徑雲俱黑江船火獨明曉看紅濕處花重錦官城

杜甫五言詩一首 壬辰孙信德書

杜甫《春夜喜雨》

宿雲散洲渚曉日明村塢高樹臨清池風驚夜來雨予心適無事偶此成賓主

柳宗元雨後曉行獨至愚溪北池 孙信德書

柳宗元《雨后晓行独至愚溪北池》

人事有代謝往来成古今江
山留勝蹟我輩復登臨水落
漁梁淺天寒夢澤深羊公碑
尚在讀罷淚霑襟

唐孟浩然登峴山五言律詩一首
丙申夏至孙啓德書時年八十又三

孟浩然诗

滄海日赤城霞峨眉雪巫峽雲洞庭月
彭蠡煙瀟湘雨廣陵濤廬山瀑布合宇
宙奇觀繪吾齋壁少陵詩摩詰畫左傳
文馬遷史薛濤箋右軍帖南華經相如
賦屈子離騷收古今絕藝置我山牕

承臨鄧石如楷書聯 戊辰初冬孫信德於海上

邓石如联

脩既治滁之明年
夏始飲滁水而甘
問諸滁人得於州
南數百步

節臨蘇東坡楷書
豐樂亭記 孫信德習作

节临苏东坡《丰乐亭记》

明于謙名联

往来千里路長在

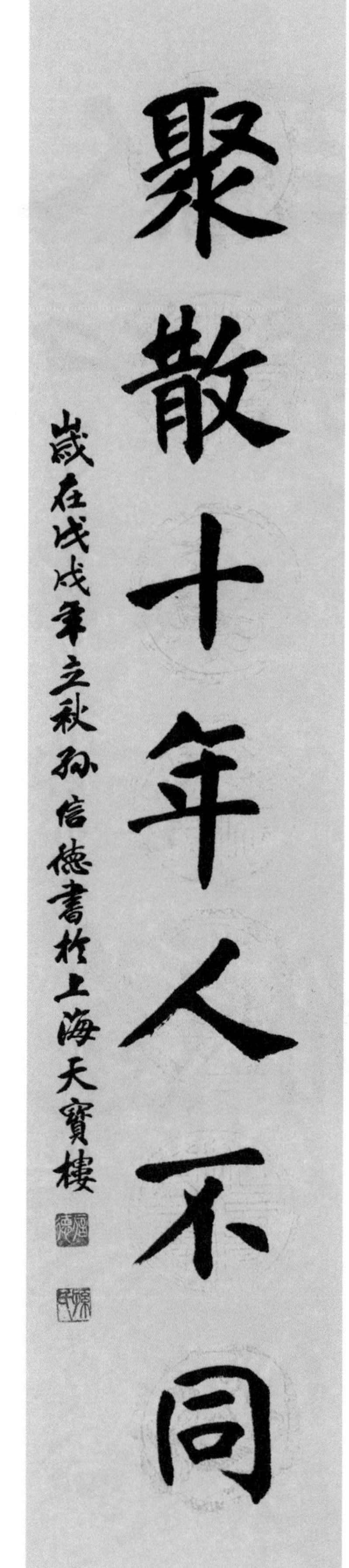

明于谦名联

政通人和　百废俱兴

天道酬勤

正清和

抱诚守真

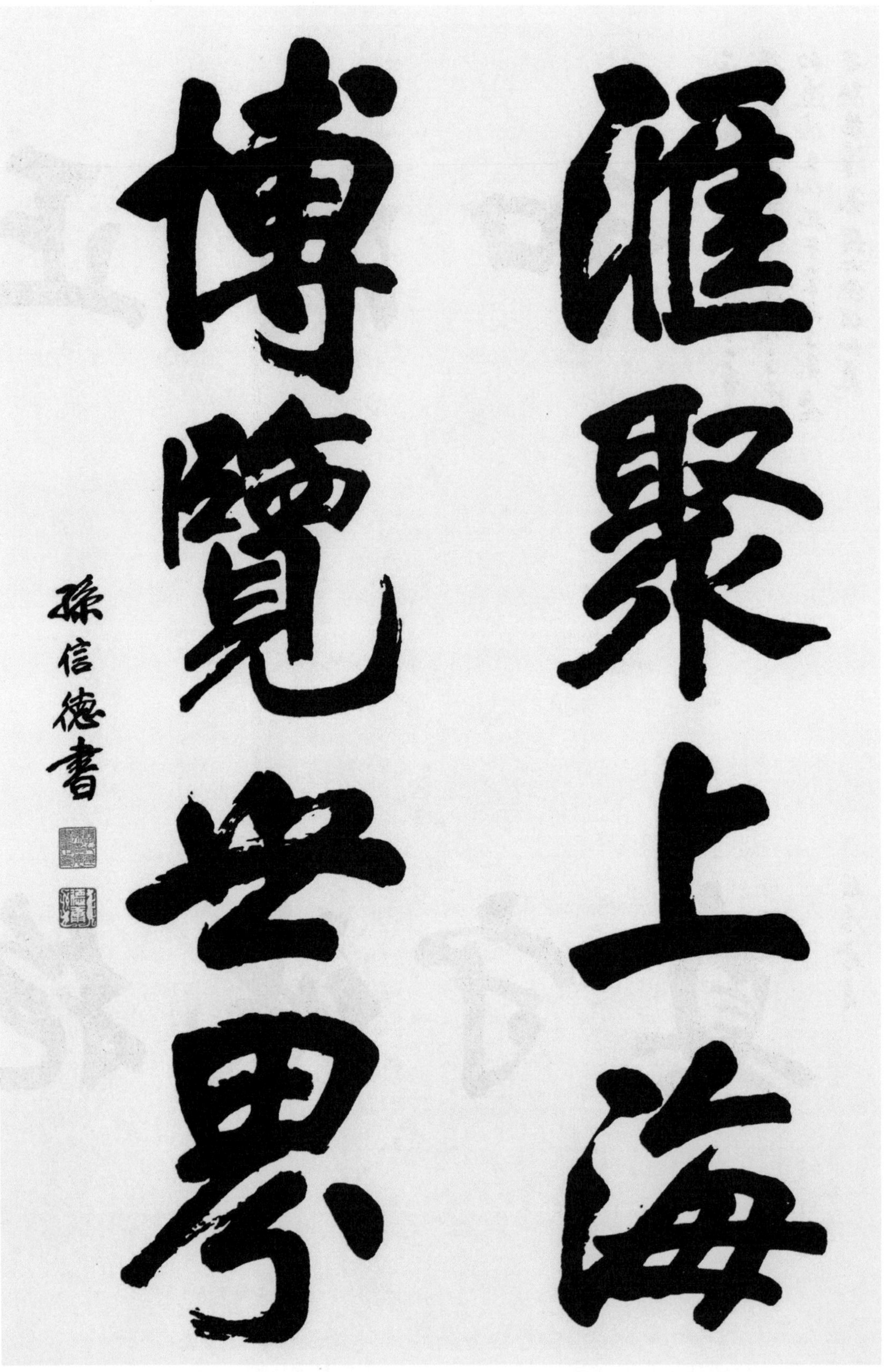

汇聚上海　博览世界

佛

如是舍利子
是諸法空相
不生不滅不
垢不淨不增
不減是故空
中無色無受
想行識無眼
耳鼻舌身意

提薩埵依般
若波羅蜜多
故心無罣礙
無罣礙故無
有恐怖遠離
顛倒夢想究
竟涅槃三世
諸佛依般若

真實不虛故
說般若波羅
蜜多咒即說
咒曰揭諦揭
諦波羅揭諦
波羅僧揭諦
菩提薩婆訶
孫信德書

觀自在菩薩
行深般若波
羅蜜多時照
見五蘊皆空
度一切苦厄
舍利子色不
異空空不異
色色即是空

無色聲香味
觸法無眼界
乃至無意識
界無無明亦
無無明盡乃
至無老死亦
無老死盡無
苦集滅道無

諸佛依般若
波羅蜜多故
得阿耨多羅
三藐三菩提
故知般若波
羅蜜多是大
神咒是大明
咒是無上咒

《般若波罗蜜多心经》

图书在版编目（CIP）数据

怎样写楷书 / 孙信德著. — 上海：上海人民美术出版社，2018.6（2018.10 重印）
ISBN 978-7-5586-0877-3

Ⅰ. ①怎… Ⅱ. ①孙… Ⅲ. ①楷书－书法 Ⅳ. ①J292.113.3

中国版本图书馆 CIP 数据核字（2018）第 084335 号

怎样写楷书

著　　者　孙信德
策　　划　潘志明　张旻蕾
责任编辑　张旻蕾
技术编辑　季　卫
调　　色　徐才平
出版发行　上海人民美術出版社
社　　址　上海长乐路 672 弄 33 号
印　　刷　上海天地海设计印刷有限公司
开　　本　787×1092 1/16
印　　张　6
版　　次　2018 年 6 月第 1 版
印　　次　2018 年 10 月第 3 次
印　　数　5801－10800
书　　号　ISBN 978-7-5586-0877-3
定　　价　34.00 元